文学常识丛书

诗中日

翟民　主编

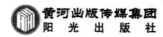
黄河出版传媒集团
阳光出版社

图书在版编目（CIP）数据

诗中日 / 翟民主编. —— 银川：阳光出版社，
2016.7（2020.12重印）
（文学常识丛书）
ISBN 978-7-5525-2821-3

Ⅰ.①诗… Ⅱ.①翟… Ⅲ.①古典诗歌 – 诗歌欣赏 –
中国 – 青少年读物 Ⅳ.①I207.2–49

中国版本图书馆CIP数据核字(2016)第190143号

文学常识丛书　诗中日　　　　　　　　　　　　　翟民　主编

责任编辑　贾　莉
封面设计　民谐文化
责任印制　岳建宁

黄河出版传媒集团
阳　光　出　版　社　出版发行

出 版 人　薛文斌
地　　址　宁夏银川市北京东路139号出版大厦（750001）
网　　址　http://www.ygchbs.com
网上书店　http://www.shop129132959.taobao.com
电子信箱　yangguangchubanshe@163.com
邮购电话　0951-5047283
经　　销　全国新华书店
印刷装订　河北燕龙印刷有限公司
印刷委托书号　（宁）0019166

开　　本　710 mm×1000 mm　1/16
印　　张　10.5
字　　数　126千字
版　　次　2016年11月第1版
印　　次　2021年1月第2次印刷
书　　号　ISBN 978-7-5525-2821-3
定　　价　31.50元

前　言

　　源远流长的中华五千年文化，滋养着生生不息的中华民族。那些饱含圣贤宗师心血的诗歌、散文，历经了发展和不断地丰富，融入了中华民族的血脉，铸就了中华民族的脊梁，毋庸置疑地成为宝贵的文化遗产、永恒的精神食粮、灿烂的智慧结晶。然而受课时篇幅所限，能够收入到中小学教科书的经典作品必定是极少数。为此，我们精心编辑了这一套集古代经典诗歌分类赏析、古代经典散文分类赏析为一体的《文学常识丛书》。

　　本套丛书包括：古代经典诗歌分类赏析共十册——《诗中水》《诗中情》《诗中花》《诗中鸟》《诗中雨》《诗中雪》《诗中山》《诗中日》《诗中月》《诗中酒》；古代经典散文分类赏析共十册——《物华风清》《人和政通》《诙谐闲趣》《情规义劝》《谈古喻今》《修身养性》《奇谋韬略》《群雄争锋》《逝者如斯》《天下为公》。

　　读古诗，我们会发现诗人都有这样一个特征——托物言志。如用"大鹏展翅""泰山绝顶"来抒发自己对远大抱负的追求，用"梅兰竹菊""苍松劲柏"来表达自己对崇高品格的追慕；用"青鸟红豆""鸿雁传书"寄托相思，用"阳关柳色""长亭古道"排解离愁，用"浮云"来感慨人生无常、天涯漂泊，用"流水"来喟叹时光易逝、岁月更替，用"子规"反映哀怨，用"明月"象征思念……总之，对这些本没有思想感情的自然物，古代诗人赋予它们以独特的寓意，使之成为古诗中绚丽多彩的意象。正是这些意象为古诗增添了无穷的魅力。

　　古典散文同样也散发着艺术的光辉，但更引人瞩目的是它所蕴含的思想精华,或纵论古今,或志异传奇,或微言大义,或以小见大,读后不禁让我们对古人睿智的思想和优美的文笔赞叹不已。

希望能通过这套丛书,使广大中学生对祖国光辉灿烂的文化遗产有一个更深刻的认识。

编者

目　录

《诗经》 东方之日 …………………………………… 2

屈　原 东君 …………………………………………… 5

曹　植 赠徐干 ………………………………………… 10

王　粲 杂诗 …………………………………………… 15

　　　　七哀诗 ………………………………………… 18

阮　籍 咏怀 …………………………………………… 23

左　思 咏史 …………………………………………… 27

陶渊明 读山海经（其一）……………………………… 31

　　　　读山海经（其二）……………………………… 35

　　　　杂诗（其一）…………………………………… 39

谢灵运 石壁精舍还湖中作 …………………………… 44

孟浩然 晚泊浔阳望庐山 ……………………………… 50

王昌龄 从军行 ………………………………………… 54

王　维 使至塞上 ……………………………………… 57

　　　　渭川田家 ……………………………………… 60

李　白 登金陵凤凰台 ………………………………… 64

　　　　望庐山瀑布 …………………………………… 67

　　　　灞陵行送别 …………………………………… 70

　　　　送友人 ………………………………………… 74

　　　　望天门山 ……………………………………… 76

刘长卿　穆陵关北逢人归渔阳 ……………………… 80

　　　　送灵澈上人 ……………………………… 82

　　　　饯别王十一南游 …………………………… 84

杜　甫　日暮 ………………………………………… 88

岑　参　山房春事 …………………………………… 92

李　益　度破讷沙二首(其二) …………………… 96

白居易　暮江吟 ……………………………………… 99

马　戴　落日怅望 ……………………………… 104

皎　然　寻陆鸿渐不遇 ………………………… 108

元　稹　岳阳楼 ………………………………… 111

许　浑　谢亭送别 ……………………………… 114

李　贺　雁门太守行 …………………………… 118

杜　牧　题扬州禅智寺 ………………………… 122

　　　　题齐安城楼 …………………………… 124

李商隐　谒山 …………………………………… 128

　　　　乐游原 ………………………………… 131

　　　　北青萝 ………………………………… 134

张　乔　河湟旧卒 ……………………………… 136

刘　叉　偶书 …………………………………… 139

严　维　丹阳送韦参军 ………………………… 142

刘方平　春怨 …………………………………… 145

唐　寅　桃花庵歌 ……………………………… 149

孔尚任　北固山看大江 ………………………… 153

黄景仁　绮怀(其一) ………………………… 156

作品简介

　　《诗经》是中国第一部诗歌总集。它汇集了从西周初年到春秋中叶，也就是公元前 1100 年到公元前 600 年，约 500 多年间的诗歌 305 篇。

　　《诗经》在先秦叫做《诗》，或者取诗的数目整数叫《诗三百》，本来只是一本诗集。但是，从汉代起，儒家学者把《诗》当作经典，尊称为《诗经》，列入"五经"之首。《诗经》中的诗当初都是配乐的歌词，按当初所配乐曲的性质，分成风、雅、颂三类。

　　《诗经》在中国以至世界文化史上都占有重要的地位，对后代文学影响很大。

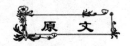

东方之日

东方之日兮，

彼姝①者子，

在我室兮。

在我室兮，

履②我即③兮。

东方之月兮，

彼姝者子，

在我闼④兮。

在我闼兮，

履我发⑤兮。

文学常识丛书

①姝：貌美。

②履：同"蹑"，放轻脚步。

③即：相就，接近。一说脚迹。

④闼（tà）：内门。

⑤发：走去，指蹑步相随。一说脚迹。

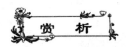

两章诗首句，毛传以为"兴也"，季本《诗说·解颐》以为"赋也"，严虞惇《读诗质疑》又以为"比也"。除此还有"兴而赋""比而赋"等不同说法。其实这两句是含有象征意义的起兴。

这首诗以"东方之日""东方之月"象征女子的美貌，对后世诗文创作有明显影响，如宋玉《神女赋》形容神女之美："其始来也，耀乎若白日初出照屋梁；其少进也，皎若明月舒其光。"又曹植《洛神赋》写洛神似见非见"仿佛兮若轻云之蔽月"，而远处望之，"皎若太阳升朝霞"。类似写法后世更多。不胜枚举。

本诗押韵有其特色，每章皆是一、三、四、五句押韵，并且都与"兮"字组成"富韵"，三句与四句又是重复的，读起来音节舒缓而绵延，有着流连咏叹的情味。全诗八个"兮"字韵脚，《正韵》称为"联章韵"。

东方之日兮，

彼姝者子，

在我室兮。

在我室兮，

履我即兮。

作者简介

　　屈原(约公元前339—公元前278年)。战国时期的楚国诗人、政治家,"楚辞"的创立者和代表作者。在语言形式上,屈原作品突破了《诗经》以四字句为主的格局,每句五、六、七、八、九字不等,也有三字、十字句的,句法参差错落,灵活多变;句中句尾多用"兮"字,以及"之""于""乎""夫""而"等虚字,用来协调音节,造成起伏回宕、一唱三叹的韵致。他的作品从内容到形式都有巨大的创造性。

东 君

暾①将出兮东方，
照吾槛②兮扶桑③。
抚余马兮安④驱，
夜皎皎⑤兮既明。
驾龙辀⑥兮乘雷⑦，
载云旗兮委蛇⑧。
长太息兮将上⑨，
心低徊⑩兮顾怀⑪。
羌声色兮娱人，
观者憺⑫兮忘归。

緪⑬瑟兮交鼓⑭，
萧钟⑮兮瑶簴⑯。
鸣篪⑰兮吹竽，
思灵保⑱兮贤姱⑲。
翾飞⑳兮翠㉑曾㉒，
展诗㉓兮会舞㉔。
应律㉕兮合节㉖，

5

灵之来兮蔽日。

青云衣兮白霓裳，
举长矢㉙兮射天狼㉘。
操余弧㉔兮反㉚沦降㉛，
援㉜北斗兮酌桂浆㉝。
撰㉞余辔兮高驼㉟翔，
杳㊱冥冥㊲兮以东行㊳。

注 释

①暾(tūn)：温暖而明朗的阳光。

②吾槛：即指扶桑，神以扶桑为舍槛。槛，栏干。

③扶桑：传说中的神树，生于日出之处。

④安：安详。

⑤晈晈：同"皎皎"，指天色明亮。

⑥龙辀：以龙为车。辀(hōu)，本是车辕横木，泛指车。

⑦雷：指以雷为车轮，所以说是乘雷。

⑧委蛇：即逶迤，曲折斜行。

⑨上：升起。

⑩低佪：迟疑不进。

⑪顾怀：眷恋。

⑫儋(dàn)：指心情泰然。

⑬緪(gēng)：急促地弹奏。

⑭交鼓:指彼此鼓声交相应和。交,对击。

⑮箫钟:用力撞钟。箫,击。

⑯瑶簴:指钟响而簴也起共鸣。瑶,动的意思。簴(jù),悬钟声的架。

⑰篪(chí):古代的管乐器。

⑱灵保:指祭祀时扮神巫。

⑲姱(hǔ):美好。

⑳翾飞:轻轻的飞场。翾(xuán),小飞。

㉑翠:翠鸟。

㉒曾:飞起。

㉓展诗:展开诗章来唱。诗,指配合舞蹈的曲词。

㉔会舞:指众巫合舞。

㉕应律:指歌协音律。

㉖合节:指舞合节拍。

㉗矢:箭。

㉘天狼:即天狼星,相传是主侵掠之兆的恶星,其分野正当秦国地面。因此旧说以为这里的天狼是比喻虎狼般的秦国,而希望神能为人类除害。

㉙弧:木制的弓,这里指弧矢星,共有九星,形似弓箭,位于天狼星的东南。

㉚反:指返身西向。

㉛沦降:沉落。

㉜援:引。

㉝桂浆:桂花酿的洒。

㉞撰:控捉。

㉟駝(chí):通"驰"。

㊱杳:幽深。

㊲冥冥：黑暗。

㊳行：在这里读 háng。

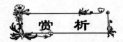

《东君》一诗的祭祀对象是什么神，古无异辞，都说是日神。洪兴祖《楚辞补注》云："《博雅》曰：'朱明、耀灵、东君、日也。'《汉书·郊祀志》有东君。"朱熹《楚辞集注》云："此日神也。《礼》曰：'天子朝日于东门之外。'"戴震《屈原赋注》云："《礼记·祭义篇》曰：'祭日于坛。'又曰：'祭日于东。'《祭法篇》曰：'王宫，祭日也。'此歌备陈歌舞之事，盖举迎日典礼赋之。"近代王闿运始有异说，其《楚辞释》云："东君，句芒之神。旧以为礼日，文中言云蔽日则非。"他根据诗中"灵之来兮蔽日"一句，以为神与日明明非一，故否定诗之所祀为日神，而以之为木神也即东方之神句芒。其实"灵之来兮蔽日"一句正如《湘夫人》中的"灵之来兮如云"一句，表现的神灵并非篇中所祀之神，而是一群其他的神，《湘夫人》中是九嶷山众神，本篇则是东君的随从之神，故可以"蔽日""如云"形容其多。泥定"灵"为神灵则必系所祀之神，显然是主观臆测，为今人之所不取，自属当然。况且，正如今人陈子展《楚辞·直解》所说："倘若以为东君定是东方之神，那么，为什么四方之神，或五方之帝，只祭其一呢？"

文学常识丛书

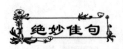

暾将出兮东方，
照吾槛兮扶桑。

作者简介

　　曹植(公元192—公元232年),字子建,曹丕同母弟,曾封陈王,死后谥思,故世称"陈思王"。少聪敏,有才华,很受曹操宠爱,一度想立为太子。曹丕即位后,对他甚是猜忌,多方迫害,不得参预政事。最后郁郁而死,年仅41岁。他是建安时期成就最高的文学家,诗风华美,骨气奇高。散文和辞赋亦清丽流畅。今有《曹子建集》传世。

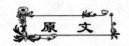

赠徐干

惊风飘白日,忽然归西山①。

圆景光未满②,众星粲以繁③。

志士营世业,小人亦不闲④。

聊且夜行游,游彼双阙⑤间。

文昌郁云兴⑥,迎风高中天⑦。

春鸠鸣飞栋⑧,流焱激櫺轩⑨。

顾念蓬室士⑩,贫贱诚可怜。

薇藿弗充虚⑪,皮褐⑫犹不全。

慷慨有悲心,兴文⑬自成篇。

宝弃怨何人?和氏有其愆⑭。

弹冠俟知己,知己谁不然⑮?

良田无晚岁⑯,膏泽⑰多丰年。

亮⑱怀玙璠⑲美,积久德愈宣⑳。

亲交义在敦,申章复何言㉑!

①惊风:急风。以上二句是说,傍晚的时候急风大作,太阳很快地就落下去了。这里有慨叹时光流逝,人生短暂之意。

②圆景：古代用以称太阳和月亮。景，明也，天地间圆而且明者无过于日月。此处指月亮。光未满：指月尚未圆。

③粲以繁：明亮而且众多。以，同"而"。

④志士：有志于干事业的人。小人：指那些饱食终日，无所用心，但以裘马游乐为事的人。以上二句是说，志士仁人们都积极地为国家建立功业，而那些小人们倒也并不闲着，即如下文所说的从事"闲游"。这里暗中表现了一种有志不得施展的苦闷无聊之情。

⑤双阙：指皇宫正门两侧的望楼。

⑥文昌：邺都魏宫的正殿名。郁云兴：郁郁然如云之起，形容文昌殿的巍峨高大。郁，盛貌。兴，起。

⑦迎风：迎风观，在邺都。高中天：高耸入云。中天，半空，当空。

⑧飞栋：高殿的檐宇。

⑨流焱(biāo)：旋风。櫺(即棂)轩：阑干。以上文昌迎风二句极言殿堂之高，春鸠流焱二句比喻一班流俗之辈的居位掌权。

⑩蓬室士：指徐干。蓬室，草房。

⑪弗充虚：不能填满空肚子。

⑫皮褐：毛皮与短褐，指一般人的冬季之服。

⑬兴文：著文，即写作《中论》。

⑭宝：指璧玉，这里比喻徐干。和氏：指卞和，古代能识宝玉的人，曾得荆山之璞以献楚王，事见《韩非子·和氏》。这里比喻自己。愆(qiān)：罪过。二句的意思是说，徐干有如此之才得不到朝廷重用，这是自己的罪过，自己没有像卞和那样发现了宝玉就不怕一切危险地向当权者进献。

⑮弹冠：《汉书·王吉传》："吉与贡禹为友，时称'王阳(王吉字子阳)在位，贡公弹冠'。"意思是，好朋友一当权，自己就可弹掉帽子上的灰尘，做好做官的准备了。俟：等待。这两句是说，等待好朋友的推荐(这是大家共有

的心情),而好朋友想推荐知己者之心情,谁又不是如此呢?言外之意是自己眼前难以办到。

⑯晚岁:晚收成。

⑰膏泽:指肥沃的土地。

⑱亮:诚然,果然。

⑲玙璠(yǔ fán):美玉,这里比喻道德才干。

⑳宣:显著。

㉑敦:厚。最后两句是说,知己之间重要的是在于交情深厚,除此赠诗之外,何必再说别的呢?

赏 析

赠人之作,是曹植诗歌的一个重要内容。以"赠"字为题的就有《赠王粲》《赠丁仪》《赠丁翼》《赠丁仪王粲》《赠白马王彪》等。此赠友人徐干。

徐干(公元170—公元217年),字伟长,北海郡(今山东昌乐附近)人。善诗赋,好文词,曾作《中论》二十篇,是著名的"建安七子"之一。但一生坎坷不遇,独住陋巷,贫贱可怜。曹植此诗,即悯其不遇,勉其待时的劝慰之作。

诗是在银白色的月光下写成的。先由黄昏导入。首句"惊风飘白日",着一"惊"字、"飘"字,势如高山坠石,劈空而来,以飞动的警句,振起全篇。风惊而日飘,倏忽而昼晦,景象为何如此奇异?李善说:"夫日丽于天,风生平地,而言飘者,夫浮景骏奔,倏焉而过,余光杳杳,似若飘然。"事实上,风惊而倏起,日飘而归山,这样的景象,不会和由诗题点明的诗人对徐干的思念没有关系。因此,风之惊,日之飘,都是诗人眼中的主观镜头,因为思念,遂神情飘忽,光景西驰。而此时此刻,不觉已"圆景光未满,众星粲以繁",

只身独立于星月银白色的清辉之下了。

在这月明星灿的夜晚，徐干也许忙着建立垂之久远的功业，而我也无片刻闲暇呀。"小人"与"志士"对举，此为戏称，也反映了年龄上的差异。曹植比徐干小二十多岁，故"小人"或许与"小子"意思接近，是曹植作为晚辈的谦称。"亦不闲"即引发"夜行游"，导入下文。以下六句，均描写月下邺城皇宫夜景：廊柱浮动夜云的文昌殿，檐牙刺破夜空的迎风观，望楼剪影般嵯峨的双阙，飞栋下惊宿鸣叫的春鸠，回廊上激于槛轩的流飙。

琼楼——蓬室。诗人的笔陡然一转，像大幅度的电影剪辑镜头，把琼楼玉宇与陋巷蓬室组合在一起，并由"蓬室"及于独处蓬室的友人徐干。"顾念蓬室士"以下六句，写徐干的贫贱可怜，虽薇藿食之不饱，粗褐衣之不全，仍怀文抱质，安然处贫，发愤著书。"宝弃怨何人"以下四句，前两句用和氏献璧古典，以和氏璧喻徐干，表示自己援引无力的歉意；后二句解释，自己无力是因为无权。因无权无力援引友人，故"知己谁不然"微露愤激。这种愤激，与《野田黄雀行》中"利剑不在掌，结交何须多"相类似。既已无可奈何，故"良田无晚岁"以下均为宽慰语，前两句以"良田嘉禾"为喻，后两句以"玙璠美玉"相匹。这与《赠王粲》中"重阴润万物，何惧泽不周"，与《赠丁翼》中"积善有余庆，荣枯立可须"是一致的。劝慰的方式相同，正表明蕴藏在深处的无可奈何也相同。末以做诗相赠为结。至此，体既被于文质，情既兼于雅怨，而诗意又曲折盘旋。尤以"惊风飘白日"发起诗端，工于起调，则为曹植当行。后唐人王维、岑参、杜甫的"风劲角弓鸣""送客飞鸟外""带甲满天地"，均用此句法。

惊风飘白日，忽然归西山。

作者简介

　　王粲(公元 177—公元 217 年)，字仲宣，东汉山阳高平
(今山东邹县)人。擅长辞赋，为建安七子之一，被誉为"七子
之冠冕"。

文学常识丛书

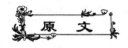

杂 诗

甘暮游西园,冀写①忧思情。

曲池扬素波,列树敷丹荣②。

上有特栖③鸟,怀春④向我鸣。

褰衽⑤欲从之,路险不得征。

徘徊不能去,伫立⑥望尔形。

风飙⑦扬尘起,白日忽已冥。

回身入空房,托梦通精诚。

人欲天不违,何惧不合并⑧?

注 释

①冀:希望。写:泄,除。

②丹荣:红花。以上二句是说,池水泛着波浪,树上开着红花。

③特栖:独栖。特,孤、独。

④怀春:感春而有所思。通常用为未婚女子对男子的思慕。

⑤褰(qiān)衽:提起衣襟。

⑥伫(zhù)立:久立。以上四句是说,我本想去找你,可是路途难走;但是我又不舍得离你而去,我只能久久地望着你。

⑦飙(biāo):旋风。

⑧最后两句是说,老天爷不会违背人的愿望,我们将来会到一起的。

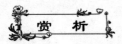

赏　析

　　王粲的这首《杂诗》是写对友人的思念之情,全诗写得深情绵邈,哀婉动人。

　　开头二句,直截了当地交待"游西园"的缘由:"冀写忧思情"。"西园",指邺城(今河北临漳西南)的铜爵园。写,通假作"泻"。诗人正是想借游园来舒散内心的忧思。

　　接着写园中所见景物。"曲池扬素波,列树敷丹荣",弯曲的小池,微波荡漾;成行的花木,红艳如绘,真是一片赏心悦目的美景。这里所描绘的景物似乎与诗人的心境极不和谐,其实这正是诗人匠心独运之处。王夫之云:"以乐景写哀,以哀景写乐",可以"倍增其哀乐"(《姜斋诗话》)。而诗人这里运用的手法,正符合这个艺术规律。满园春色,并未改变诗人的心境。透过重重春景,诗人忧郁的目光,却凝视在触发他忧思的景物上:"上有特栖鸟,怀春向我鸣。""特"是"独"的意思。看到树上孤栖的鸟儿,诗人顿时觉得它就像自己的友人,正在呼唤着自己。这里,诗人用"特栖鸟"求偶象征好友的相思,构思新颖。"褰衽欲从之,路险不得征。"诗人想提起衣襟,快步追上它,然而道路险阻,难以举步。征,即"行"。"路险"自然不是指园内,而是暗喻社会动乱,亲朋离散。这两句看似无理,却使痴情的幻想与残酷的现实发生了无法调和的矛盾,也使作品的主题得以深化。"徘徊不能去,伫立望尔形。"欲从无路,欲罢不能,只能徘徊树下,长久地注视着那孤独的身影。至此,诗人以独特的构思,新奇的想象,把刻骨的相思、现实与幻想的矛盾、内心的苦闷交织在一起,造成感情上的强烈震荡,使读者的心灵也受到这种感情浪涛的摇撼。

如果说上面是从虚处着笔，那么下面则是实写了。先从环境的变化写起："风飙扬尘起，白日忽已冥。"诗人游园的本意是想排解心中的"忧思情"，可是触景生情，反而增添了几分忧愁。现在又风云突变，狂飙骤起，尘土飞扬，天昏地暗。这对于诗人黯然的心情来说，无异是雪上加霜。于是，只能"回身入空房，托梦通精诚"。空房，本来就给人一种空旷、冷清、寂寞之感，更何况它还象征着更深的含义——亲朋离居。这种孤寂、凄凉的情绪愈积愈浓，忧思的感情也就越发不可遏制，以至幻想终于冲破了现实的限制，通过梦境暗送去自己的一片深情。这又可以说是实写中的虚写，既符合情理，自然浑成，又不同凡响，从而深化了作品的意境。正如宋长白所说："'托'字虚，有'搔首踟蹰'之态。"(《柳亭诗话》)结尾二句笔势陡缓，犹如湍急的溪流穿过狭窄的山涧而进入宽阔的大川，但尽管如此，滚滚洪流中所包藏的推动力却有增无减。看似自我宽慰的豁达之言，其实却蕴含着更深的悲苦之情。明明是天不从人愿，却偏说"人欲天不违"，明明担心难以重逢，却偏说"何惧不合并"，真可谓长歌之哀，甚于恸哭。这种"正言若反"(《老子》)的结尾，使作品更显得深沉含蓄，韵味无穷。

17

风飙扬尘起，白日忽已冥。

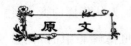
七哀诗

荆蛮非我乡，何为久滞淫①？

方舟溯②大江，日暮愁我心。

山冈有余映③，岩阿增重阴④。

狐狸驰赴穴⑤，飞鸟翔故林。

流波激清响，猴猿临岸吟。

迅风拂裳袂，白露沾衣襟。

独夜不能寐，摄衣⑥起抚琴。

丝桐⑦感人情，为我发悲音。

羁旅无终极⑧，忧思壮难任⑨。

文学常识丛书

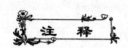
注 释

①滞淫：停留、淹留。其《登楼赋》有云："虽信美而非吾土兮，曾何足以少留！"与此开头二句意同。

②方舟：二舟相并，这里即指泛舟、行舟。溯(sù)：逆流而上。

③余映：余晖。

④岩阿：山之曲隩处。重阴：深暗的样子。《文选》六臣注张铣解释这两句说："谓日将没，山脊之上犹映余光，而岩阿本阴，今复日暮，是增为重阴。"

⑤赴穴:归老巢。暗用"狐死首丘"之义,反比漂泊在外的人对故乡的怀念之情。屈原《哀郢》:"鸟飞还故乡兮,狐死必首丘。"这里是化用其句。

⑥摄衣:整衣。

⑦丝桐:指琴,因为琴是由桐木与丝弦构成的。

⑧羁旅:寄居异地为客。无终极:无尽头,无归期。

⑨壮:盛,甚。难任:难以忍受。《登楼赋》有"情眷眷而怀归兮,孰忧思之可任!"与此最末二句意同。意思是说,漂泊在外的日子没有尽头,沉重的忧伤令人难以忍受。

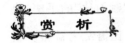 赏 析

　　诗人抒写自己久客荆州思乡怀归的感情。内容和诗人著名的《登楼赋》相似,大约同是公元 208 年在荆州时的作品。

　　"荆蛮非我乡,何为久滞淫?"荆州不是我的故乡,我为什么老留在这里呢?诗歌一开始,就表达了诗人浓郁的思乡之情,与《登楼赋》中所说的"虽信美而非吾土兮,曾何足以少留",意思相同。王粲为什么思乡呢?这是因为他没有受到刘表的重视。刘表才能庸劣,不能识别和重用人才,王粲有才能而不能得到施展的机会,思想上感到十分苦闷。怀才不遇使他更加思念故乡,而思乡之情却充满了怀才不遇的忧愁。

　　"方舟溯大江,日暮愁我心。"方舟,把两只船并起来叫"方舟"。傍晚,诗人乘船沿长江逆流而上。江上日暮,烟霭苍茫,水波浩渺,最容易引起人们的思乡之愁,何况王粲久患怀乡之痼疾。唐代诗人崔颢《黄鹤楼》诗云:"日暮乡关何处是?烟波江上使人愁。"此种诗境颇为相似。

　　"山冈有余映"八句,写眼前景色。诗人放眼看去,只见太阳将要落山,山冈上犹有余光,群山的曲隩之处,本来背阴,现在又增加了一层日暮的阴

影。狐狸奔赴自己的洞穴,飞鸟盘旋在栖息的旧林上。流逝的水波激起清脆的响声,猴猿靠近江岸发出阵阵悲吟。疾风吹拂着诗人的裳袖,夜间的露水沾湿了诗人的衣襟。"狐狸驰赴穴,飞鸟翔故林。"化用《楚辞·哀郢》中"鸟飞还故乡兮,狐死必首丘"二句的意思,比喻漂泊在外的人对故乡的怀念之情,是显而易见的。至于诗中所描写的"山冈""岩阿""流波""猴猿""迅风""白露",似乎只是眼前即景,虽然描写生动,但别无其他含义。陈祚明说:"'山冈'数句,极写非我乡。"(《采菽堂古诗选》卷七)这是提醒读者:诗人所极力铺写的自然景色,原来是他乡之景。面对他乡之景,触景生情,对一个羁旅在外的人来说,自然会忆及故乡,容易勾起乡愁。因此,这种写景实际上仍是抒发乡愁。元人刘履认为这首诗用的是"赋而比"的手法,他说:"其言'日暮余映'以喻汉祚之微延。'岩阿增阴'以比僭乱之益盛。当此之时,或奔趋以附势,或恋阙而徘徊,亦犹狐狸各驰赴穴,而飞鸟尚翔故林也。又况波响猿吟,风凄露冷,其气象萧索如此,因念久客羁栖,何有终极,则忧思至此,愈不可禁矣。"(《选诗补注》卷二)清人何焯也说:"'山冈有余映',余映之在山,比天子之微弱,流离播迁,光曜不能及远也。"(《义门读书记》卷四十六)这是以自然景色比附当时的政治形势,似乎有些牵强附会,但亦可备一说。

"独夜不能寐,摄衣起抚琴。丝桐感人情,为我发悲音。"诗人夜不能寐,起而弹琴,借琴声排泄心中的愁闷。这里,我们很容易想起阮籍。阮籍五言《咏怀诗》八十二首的第一首开头就写道:"夜中不能寐,起坐弹鸣琴。"同样是夜不能寐,起而弹琴,借琴声排泄心中的愁闷,而他们表达的感情是不同的。阮籍借琴声抒发他政治上的苦闷造成的"忧思独伤心"的感情,而王粲则借琴声表达他的乡愁,当然这种乡愁中含蕴着怀才不遇的感情。古人喜爱以琴声表心声,这是因为琴可以"抒心志之郁滞"(傅毅《琴赋》),可以"发泄幽情"(嵇康《琴赋》)。

"羁旅无终极，忧思壮难任。"客居他乡的日子，没有尽头。何日方能返回故乡呢？怀乡的忧愁实在令人难以承受。《登楼赋》云："情眷眷而怀归兮，熟忧思之可任！"与此意思相同。从表面看来，这里所写的只是难以忍受的乡愁。其实不然。吴淇说："凡古人作诗，诗中景事虽多，只主一意。此首章全注'复弃中国去'一句，二章全注'羁旅无终极'一句，总哀己之不辰也。"（《六朝选诗定论》卷六）"哀己之不辰"，可谓一语破的。

方伯海说："按前篇是来荆州，见人骨肉相弃而哀。此篇是去荆州，因日暮景物萧条而哀，皆是乱离景象。"（于光华《重订文选集评》卷五引）道出王粲这两首《七哀诗》的不同内容和共同特点。

（《文心雕龙·才略》）对此，王粲是当之无愧的。

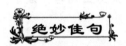

方舟溯大江，日暮愁我心。

作者简介

阮籍(公元 210—公元 263 年),字嗣宗,陈留尉氏(今河南省尉氏县)人。自幼好学博览,尤慕老、庄。他反对名教,向注自然,旷达不拘礼俗。他对于新起的司马氏政权不愿合作,故而纵酒谈玄,不问世事,作消极的反抗。他在文学上受屈原的影响较多。《咏怀诗》八十余首,感慨浪深,格调高浑,使他成为正始时代最重要的诗人。

文学常识丛书

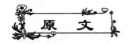

诗中日

咏 怀①

朝阳不再盛，白日忽西幽。

去此若俯仰，如何似九秋。

人生若尘露，天道邈悠悠。

齐景升丘山，涕泗纷交流。

孔圣临长川，惜逝忽若浮。

去者余不及，来者吾不留。

愿登太华山，上与松子游。

渔父知世患，乘流泛轻舟。

23

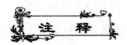

注 释

①阮籍所作《咏怀诗》八十二首，此诗是第三十二首。借对时光倏忽的挽歌，表现对个人命运和曹氏国运的嗟叹。

赏 析

"朝阳不再盛，白日忽西幽"，开头二句从象征时光流逝的白日写起。句式与曹植《赠徐干》中"惊风飘白日，忽然归西山"相同，表现出光景西驰，白驹过隙,盛年流水,一去不再的忧伤感情。只不过阮诗未写"白日"匿于何处,曹诗落实是"西山"。一偏于形象、一偏于说理;一重在写景起兴,一重在寓意象征故也。"去此若尘露,天道邈悠悠","去此"指"去魏盛时",谓曹魏之盛在俯仰之间转瞬即逝。由此可知,首句"朝阳""白日"之谓,不仅象征时光祛忽,且有喻指曹魏政权由显赫繁盛趋于衰亡,一去不返,终归寂灭的深层寓意。在这里,诗人把人生短促的挽歌与曹魏国运式微的感叹交融在一起,双重寓意互相交叉、互相生发,置于诗端而笼罩全篇,下十二句,均受其统摄。

先是"人生若尘露"二句,以"人生—天道"的强烈对比,写人生与国运的短促。在"悠悠"天道和永恒的宇宙中,曹魏政权都去若俯仰,何况区区一介寒士?不过如尘似露,顷刻消亡罢了。

下"齐景升丘山"四句,再用齐景公惜命,孔子伤逝的典故,极写人生与国运的短促。《韩诗外传》曾记载齐景公游牛山北望齐时说:"美哉国乎?郁郁泰山!使古而无死者,则寡人将去此而何之?"言毕涕泪沾襟。《论语·子罕》则记载孔子对一去不返的流水说:"逝者如斯夫!不舍昼夜。"在齐景公登牛山,见山川之美,感叹自身不永痛哭和孔子对流水的惜逝中,诗人对个人命运和对国运的双重忧虑,比先前的比喻和对比更深了一层。

如此祛忽的人世,诗人将如何自保?值此深重的忧患,诗人又如何解脱?"去者余不及,来者吾不留"十字,乃大彻大悟语。末六句,诗人断《楚辞·远游》《庄子·渔父》两章而取其文意。前四句,取《远游》"往者余弗及兮,来者吾不闻""闻赤松之清尘兮,愿承风乎遗则"句意,谓三皇五帝既往,我不可及也;后世虽有圣者出,我不可待也。不如登太华山而与赤松子游。赤松子是古代传说中的仙人,与仙人同游而有出世之想,语出《史记·留侯世家》:"愿弃人间事,从赤松子游。"末二句隐括《渔父》句意,表明要摆脱"怀汤火""履薄冰"(《咏怀诗》第三十三首)的险恶处境,借以自保和解脱,只有跟从赤松子,追随渔父,即或仙或隐,远离尘世之纷扰,庶几可以避患远祸,得逍遥之乐。然而这不过是一时的幻想。仙则无据,隐亦不容,所以终究还是要跌回前面所描写的阴暗世界。

　　阮籍生当魏晋易代之际,统治集团内部的矛盾斗争日趋残酷激烈。司马氏为篡魏自代,大肆杀戮异己,朝野人人侧目,亦人人自危,诗人也屡遭迫害。既要避祸全身,又要发泄内心的忧患与愤懑,因此,只能以曲折隐晦的方式,以冷淡的语言表达炽热的感情;以荒诞的口吻表现严肃的主题。这首诗即运用神话、典故、比兴和双重寓意的写法,致使其诗意晦涩遥深。钟嵘《诗品》说阮籍《咏怀诗》"厥志渊放,归趣难求"。可谓诗界知己。

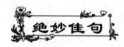

　　朝阳不再盛,白日忽西幽。

作者简介

左思(约公元 250—公元 305 年),晋代书法家、文学家、琴家。

文学常识丛书

咏 史

皓天舒①白日，灵景耀神州②。

列宅紫宫里，飞宇若云浮③。

峨峨④高门内，蔼蔼⑤皆王侯。

自非攀龙客⑥，何为欻来游⑦？

被褐出阊阖⑧，高步追许由⑨。

振衣千仞冈，濯足万里流⑩。

①皓：明。舒：行。

②景：日光。神州：赤县神州的简称，指中国。

③紫宫：原是星垣名，即紫微宫，这里借喻皇都。飞宇：房屋的飞檐。
这两句是说京城里王侯的第宅飞檐如浮云。

④峨峨：高峻的样子。

⑤蔼蔼：盛多的样子。

⑥攀龙客：追随王侯以求仕进的人。这句是说自己并非攀龙附凤
之人。

⑦何为：为什么。欻(xū)：忽。这句是说为什么忽然到这里来了呢？

⑧被褐：穿着布衣。阊阖：宫门。

⑨高步:犹高蹈,指隐居。许由:传说尧时隐士。尧要把天下让给他,他不肯接受,便逃到箕山之下,隐居躬耕。

⑩仞:度名,七尺为一仞。濯足:洗脚,指去世俗之污垢。这两句是说在高山上抖衣,在长河里洗脚。

赏析

这首诗的前半首写京城洛阳皇宫中的高大建筑和高门大院内的"蔼蔼王侯"。后半首写诗人要摒弃人间的荣华富贵,走向广阔的大自然,隐居高蹈,涤除世俗的尘污。

诗歌的前半首"皓天舒白日"六句,是描绘京城洛阳的风光。诗人登高远眺,呈现在眼前的是晴朗的天空,耀眼的阳光普照着神州大地。洛阳城皇宫中一排排高矗的建筑,飞檐如同浮云。在高门大院里,居住着许多王侯。显然,这不是单纯的风光描写,它反映了西晋王侯的豪华生活。上一首诗的前半首,表面上是写汉代京城长安的王侯,实际上表现的也是西晋王侯的豪华生活。所以,何焯认为"'济济'首,谓王恺、羊琇之属。"王恺、羊琇都是西晋王朝的外戚,他们生前都过着奢侈的生活。当然,这两首诗的内容不同,上一首侧重写王侯的来来往往、寻欢作乐的情景,这一首却是描写王侯的高大住宅。应该指出,这都不是一般的风光景物和人物活动的描写,也不只是表现当时王侯贵族的豪华生活,而是当时门阀统治的象征。正是这些王公贵族掌握了政治、经济、军事大权,形成了门阀统治,主宰了像左思这些士人穷通的命运。"列宅"二句以鸟瞰笔法写王侯所居,不仅场面宏大,更显得诗人的自居之高。此中含蕴的感情与诗歌结尾相互贯通,表现了诗人追求隐居高蹈,和那些攀龙附凤者不同的志趣。

在门阀社会中,"上品无寒门,下品无势族"(《晋书·刘毅传》)。像左

28

思这样出身寒微的士人，往往壮志难酬，备受压抑。正是仕途的坎坷，使他渐渐醒悟："自非攀龙客，何为欻来游？"自己不是攀龙附凤之人，为什么到洛阳这种地方来呢？其实，左思曾是"攀龙客"，他希望能跟随王侯将相，追求功名利禄，只有在此路不通的情况下，才感到无限的悔恨。于是，他下定决心，与门阀社会作最后的决裂："被褐出阊阖，高步追许由。"他决心穿着粗布衣服，追随高士许由过隐居高蹈的生活。许由何许人也？他是传说中的隐士。据《高士传》记载，唐尧要将天下让给他，他拒不接受，逃到颍水之滨，箕山之下隐居。左思要像许由那样隐居高蹈，虽然只是一时的排忧解闷之辞，但也是对门阀统治的强烈反抗。"振衣千仞冈，濯足万里流。"写的是左思所想象的隐居生活。在高山上抖衣，在长河中洗脚，表示他要涤除世俗的尘污。写得豪迈高亢，雄健劲挺。所以沈德潜评曰："俯视千古。"

（《古诗源》卷七）

这是左思《咏史》诗中最有代表性的一首，它不仅表现了诗人愤懑的感情，同时也表现了诗人高尚的情操，是西晋五言诗的扛鼎之作。

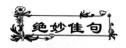

绝妙佳句

皓天舒白日，灵景耀神州。

作者简介

　　陶渊明（公元 365—公元 427 年）东晋诗人。字元亮，曾更名潜，浔阳柴桑（今江西九江西南）人。陶渊明是中国文学史上有名的田园诗人。

文学常识丛书

诗中日

读山海经（其一）

夸父诞宏志，乃与日竞走。

俱至虞渊①下，似若无胜负。

神力既殊妙，倾河②焉足有？

余迹③寄邓林④，功竟在身后。

31

①虞渊：即禹谷，神话中日入之处。

②倾河：把河水倒干，即饮尽河水。

③余迹：本意为遭迹，此处兼指夸父之遗愿。

④邓林：古时邓、桃二字音近，邓林即桃林。

《山海经》一书记载着许多美丽的神话，其中《海外北经》和《大荒北经》所载夸父追日的神话更饶奇彩："夸父与日逐走，入日。渴欲得饮，饮于河、渭。河、渭不足，北饮大泽。未至，道渴而死。弃其杖，化为邓林。"（《海外北经》）"夸父不量力，欲追日景。逮之于禹谷。"（《大荒北经》）

夸父追日的神话以绝妙天真的想象极度夸张地表现了先民们战胜自

然的勇气和信心，具有巨大的艺术魅力。陶渊明《读山海经》组诗第九首即据此写成。但诗人不是一般地复述神话的情节，而是凭借卓越的见识，运用简妙的语言，对神话中的人物和事件进行独特的审美观照和审美评价，因而又有其不同于神话的审美价值。

神话反映事物的特点是"人间的力量采取了超人间的力量的形式"（恩格斯《反杜林论》）。因此，神话中的人物和事件都具有某种象征的意义。此诗对夸父追日其人其事的歌咏，自然也是一种含有某种象征意义的歌咏。诗人之言在此，诗人之意则在彼，所以不像直陈情志的诗那么容易理解。但是，"缀文者情动而辞发，观文者披文以入情。沿波讨源，虽幽必显"（刘勰《文心雕龙·知音》）。现在我们就采取披文入情、沿波讨源的方法，试探一下这首诗的意蕴。

开篇二句咏夸父之志。《大荒北经》原说"夸父不量力，欲追日景"。言外似乎还有点不以为然的意思。诗人却说：夸父产生了一个宏伟的志愿，竟然要同太阳赛跑！字里行间流露出一种不胜惊叹的情感，有力地肯定了夸父创造奇迹的英雄气概。这里表面上是赞扬夸父"与日竞走"的"宏志"，实际上是赞扬一种超越世俗的崇高理想。

"俱至"二句咏夸父之力。《大荒北经》原有"逮之于禺谷"一语，诗人据此谓夸父和太阳一齐到达了虞渊，好像彼此还难分胜负，暗示夸父力足以骋其志，并非"不量力"者，其"与日竞走"之志也就确是"宏志"而非妄想了。本言胜负而不下断语，只用"似若"两字点破，故作轻描淡写，更有一种高兴非常而不露声色的妙趣。诗人对夸父神力的欣赏，也隐含着对一切奇才异能的倾慕。

"神力"二句咏夸父之量。《海外北经》说夸父"渴欲得饮，饮于河、渭。河、渭不足，北饮大泽"。想象一个人把黄河、渭水都喝干了还没解渴，似乎有点不近情理。诗人却说：夸父既有如此特异的可以追上太阳的神力，则

文学常识丛书

虽倾河而饮又何足解其焦渴？用反问的语气表现出一种坚信的态度，把一件极其怪异的事说得合情合理，至欲使人忘其怪异。在诗人的心目中，夸父的豪饮象征着一种广阔的襟怀和雄伟的气魄，因而有此热烈的赞颂。

篇末二句咏夸父之功。《海外北经》说夸父"道渴而死，弃其杖，化为邓林"。想象夸父死后，抛下的手杖变成了一片桃林，固甚瑰奇悲壮，但尚未点明这一变化的原因，好像只是一件偶然的异事。诗人则认定这片桃林是夸父为了惠泽后人而着意生成的，说夸父的遗愿即寄托在这片桃林中，他的奇功在身后还是完成了。意谓有此一片桃林，将使后来者见之而长精神，益志气，其功德是无量的。诗人如此歌颂夸父的遗愿，真意乃在歌颂一种伟大的献身精神。

总起来看，这首诗的意蕴是非常深广的。历史上有许多杰出的人物，生前虽未能施展其才能，实现其抱负，但他们留下的精神产品，诸如远大的理想，崇高的气节，正直的品质，以及各种卓越的发现和创造，往往沾溉后人。非止一世，他们都是"功竟在身后"的人。陶渊明自己也是一个"欲有为而不能者"（《朱子语类》卷一百四十），少壮时既有"猛志逸四海，骞翮思远翥"（《杂诗·忆我少壮时》）的豪情，归耕后复多"日月掷人去，有志不获骋"（《杂诗·白日沦西阿》）的悲慨，他在读到这个神话时自然感触极深而非作诗不可了。所以在这首诗中，也寄托着他自己的一生心事。明代学者黄文焕评说此诗"寓意甚远甚大。天下忠臣义士，及身之时，事或有所不能济，而其志其功足留万古者，皆夸父之类，非俗人目论所能知也。胸中饶有幽愤"（《陶诗析义》卷四），这是很有见地的。

用神话题材做诗，既须顾及神话原来的情节，又须注入诗人独特的感受，并且要写得含蓄和自然，否则便会流于空泛和枯萎，没有余味和生气。陶渊明毕竟是"文章不群"（萧统《陶渊明集序》）的高手，他把神话原来的情节和自己独特的感受巧妙地结合了起来，熔叙事、抒情、议论于一炉，于平

诗中日

淡的言辞中委婉地透露出对夸父其人其事的深情礼赞,使人不知不觉地受到诗意的感发,从心灵深处涌起一种对夸父其人其事的惊叹和向往之情,并由此引出许多联想和想象,从而获得更加丰富的审美怡悦。清代著名诗论家叶燮说:"诗之至处,妙在含蓄无垠,思致微渺,其寄托在可言不可言之间,其指归在可解不可解之会,言在此而意在彼,泯端倪而离形象,绝议论而穷思维,引人于冥漠恍惚之境,所以为至也。"(《原诗·内篇》)陶渊明此诗可谓真正达到这样的"至处"了。

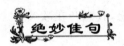

夸父诞宏志,乃与日竞走

读山海经(其二)

逍遥芜皋上,杳然望扶木。

洪柯百万寻①,森散②覆旸谷。

灵人侍丹池,朝朝为日浴。

神景③一登天,何幽不见烛!

①寻:古时以八尺为一寻。

②森散:枝叶茂盛貌。

③神景:指太阳。

赏析

陶渊明《读山海经十三首》是一组用神话素材创作的特殊抒情诗。据逯钦立先生考证,这组诗作于晋安帝义熙三年(公元 407 年)或四年。其时正值桓玄篡位失败之后,刘裕代立心迹未彰之前,东晋政权虽遭严重摧残,尚未完全崩溃,如能进用贤良,革除弊害,也许还有再兴的可能。本诗的基点就在于此。

《逍遥芜皋上》是《读山海经》组诗的第六首。这首诗取材于《山海经》

的《东山经》《海外东经》《大荒东经》《大荒南经》诸篇所载关于无皋(即"芜皋")、扶木(又名"扶桑")、汤谷(即"旸谷")、羲和、太阳的几个神话传说。在这些神话传说中,无皋是一座可以望见远海的极高的神山,扶木是一株可供十个太阳栖息的奇伟的桑树,汤谷是一个可供十个太阳洗浴的辽阔的神渊,同时又是太阳巡天的起点,那株奇伟的扶木就长在它的水中央(据《海外东经》"居水中"一语);羲和则是一位替太阳洗浴的女神。诗人依据这些神话传说进行独特的艺术构思,创造出瑰奇朴茂、寥廓光明的意境,非常精彩地表现了祝愿国家中兴的宏大主题。

根据所取题材的特点和表现主题的要求,诗人采取了象征手法,同时把自己写进诗中。开篇二句写远望的逸兴。诗人幻想自己悠然迥立于横空出世的芜皋绝顶,极目眺望海天尽处的扶木奇姿。"逍遥"见风神潇洒、意态安闲,"杳然"见云水苍茫,天地寥廓,落笔便写出一种高瞻远瞩、沉思遐想的意象,以此暗示对国家前景的深切关心,并且自然而然地引出下边描述的景物和情事。

"洪柯"二句描绘扶木的伟姿。诗人眼中出现了一株高入云天的桑树,这株桑树挺立在辽阔的旸谷水中,巨枝横出数十万丈,碧叶层层宛若重峦,把整个旸谷都覆盖了。这是多么宏奇的景观!诗人用如椽巨笔写出这样宏奇的景观,其中别有一番深意,就是希望晋王朝获得再兴,像扶木一样生机蓬勃,茂盛不衰。原来,桑树是晋室的象征。晋武帝司马炎仕魏为中垒将军时,在官署庭前植了一株桑树。后来司马炎做了开国皇帝,这株桑树便被神化为表德兆基的瑞物。著名辞赋家陆机、潘尼、傅咸等都为之作赋,极力宣扬它的征兆意义(参见逯钦立校注《陶渊明集》关于《拟古》第九首"种桑长江边,三年望当采"二句的解释和欧阳询编撰《艺文类聚》卷八十八所录陆、潘、傅三家《桑赋》及赋前序文)。其中傅咸的《桑树赋》已将司马炎所植桑树比作旸谷上的扶木,谓"以厥树之巨伟,登九日于朝阳"。陶渊明显然从此赋得到了启发，故开篇即借远望扶木以寄其关心国家前景的深情，这里又托扶木伟姿以寓其祝愿国家中兴的厚意。

扶木及其覆盖下的旸谷既是太阳的生活环境，下边便自然转写太阳的活动情节。

"灵人"二句渲染浴日的奇情。"灵人"就是神人的意思，指侍浴的女神。"丹池"则是指太阳的浴池。古时皇帝所居多用丹采为饰，有"丹禁""丹阙""丹墀"诸称，又古人向以日为君象，陶渊明此诗亦以日象君，故用语如此。诗人幻想有神女侍候太阳，每天早晨都在饰以丹采的浴池中替太阳洗涤尘垢，使太阳总是那样光明皎洁。《山海经·大荒南经》所载羲和浴日神话原文只说"有女子名曰羲和，方浴日于甘渊"，诗人则锦上添花，补充"灵人侍丹池"的场面，又把"方浴日"改为"朝朝为日浴"，更见形象鲜明，意义深刻。此中隐寓的深意乃希望有贤臣辅佐皇帝，经常为皇帝规箴过失，以致政治清平，国家昌盛。"浴"字本义是洗去身上的污垢，但可引伸为修养德性的意思，《礼记·儒行》即有"澡身而浴德"之语，说明这两句诗可作如此理解。陶渊明在《咏三良》诗中赞美子车氏三子服事秦穆公时"出则陪文舆，入必侍丹帷。箴规响已从，计议初无亏"，用意正与"灵人侍丹池，朝朝为日浴"相似，更说明这两句诗应作如此理解。

篇末二句讴歌日出的壮采。这两句除隐括《山海经·大荒东经》所载日出扶桑的神话传说外，还化用了曹操《秋胡行》"明明日月光，何所不光昭"和傅玄《日升歌》"逸景何晃晃，旭日照万方。皇德配天地，神明鉴幽荒"等诗句。这是全诗的总结，也是全诗的高潮。诗人怀着无限的激情，热烈赞美日出时的光明景象："神景一登天，何幽不见烛！"这两句直译出来是：神圣辉煌的太阳一跃上天空，哪个幽远的地方不被它照亮！劲健的辞气、昂扬的声采，造成一种"横素波而旁流，干青云而直上"（萧统《陶渊明集序》）的磅礴意象。更加有力地表现了渴望国家中兴的慷慨情怀。当然，诗中的"神景"仍是皇帝的象征。陶渊明受历史的局限，只能寄希望于皇帝的英明。有明君才能用贤臣，用贤臣才能行美政，行美政才能致中兴：这是屈原和诸葛亮的逻辑（参看屈原《离骚》和诸葛亮《前出师表》），也是陶渊明的逻辑。

苏轼说陶渊明的诗"质而实绮，癯而实腴"（苏辙作《追和陶渊明诗引》转述苏轼语）。此诗确是一篇这样的珍品。全诗用语均极朴实，篇幅非常短小，但却包含许多瑰奇的意象，蕴蓄极其深广的情思，使人读之仿佛飞身天外，目睹迥立危峰、遥望大海的诗人，上凌苍穹、下覆旸谷的仙木，长侍丹池、殷勤浴日的神女，灿烂辉煌、喷薄而出的旭日，获得种种特异的审美愉快，并深受"充满郁勃而见于外"（苏轼《南行前集叙》）的爱国情思的鼓舞。此诗真正达到了平常与奇崛、淡朴与精彩、洗练与丰腴的完美统一，因而具有很高的艺术价值。

刘熙载说："渊明《读山海经》，言在八荒之表而情甚亲切，尤诗之深致也。"（《艺概》卷二）此诗在处理神话与现实的关系上，更是一篇这样的杰作。诗人先从神话传说中获得某种与自己的理想和情怀相照映的感触，并由此产生了强烈的创作冲动。然后"精骛八极，心游万仞"，将自己的主观感情注入神话之中，令扶木的"森散覆旸谷"产生象征意义，让灵人怀抱"朝朝为日浴"的忠悃，把原来质木无文的神话素材改造得"秘响旁通，伏采潜发"。这些相对独立的审美意象，经过诗人的神妙点化，又组织成"外文绮交，内义脉注"的天机云锦。从而八荒之表的灵物都有了现实人间的情采，离奇诡怪的传说都有了耐人寻味的意义，真使人感到又奇幻，又亲切，别觉"其中有一段渊深朴茂不可到处"（沈德潜《说诗晬语》）。

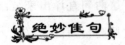

绝妙佳句

灵人侍丹池，朝朝为日浴。

文学常识丛书

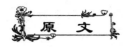

杂 诗(其一)

白日沦西阿①,素月②出东岭。

遥遥万里辉,荡荡空中景③。

风来入房户④,中夜枕席冷。

气变悟时易,不眠知夕永⑤。

欲言无予和⑥,挥杯劝孤影。

日月掷人去,有志不获骋⑦。

念此怀悲凄,终晓不能静⑧。

①沦:沉。西阿:西山。阿,山岭。

②素月:白月。

③万里辉:指月光。荡荡:广阔的样子。景:同"影",指月轮。这两句是说万里光辉,高空清影。

④房户:房门。这句和下句是说风吹入户,枕席生凉。

⑤时易:季节变化。夕永:夜长。这两句是说气候变化了,因此领悟到季节也变了,睡不着觉,才了解到夜是如此之长。

⑥无予和:没有人和我对答。和,去声。这句和下句是说想倾吐隐衷,

却无人和我谈论,只能举杯对着只身孤影饮酒。

⑦日月:光阴。骋:伸、展。这两句是说光阴弃人而去,我虽有志向,却得不到伸展。

⑧此:指有志不得伸展这件事。终晓:彻夜,直到天明。这两句是说想起这件事满怀悲凄,心里通宵不能平静。

赏 析

陶渊明的诗歌,往往能揭示出一种深刻的人生体验。这种体验,是对生命本身之深刻省察。对于人类生活来说,其意义乃是长青的。《杂诗》第二首与第五首,所写光阴流逝、自己对生命已感到有限,而志业无成、生命之价值尚未能实现之忧患意识,就具有此种意义。

"白日沦西阿,素月出东岭。遥遥万里辉,荡荡空中景。"阿者,山丘。素者,白也。荡荡者,广大貌。景通影,辉与景,皆指月光。起笔四句,展现开一幅无限廓大光明之境界。日落月出,昼去夜来,正是光阴流逝。西阿东岭,万里空中,极写四方上下。往古来今谓之宙,四方上下谓之宇。此一幅境界,即为一宇宙。而荡荡辉景,光明澄澈,此幅廓大光明之境界,实为陶渊明襟怀之体现。由此四句诗,亦可见陶渊明笔力之巨。日落月出,并为下文"日月掷人去"之悲慨,设下一伏笔。西阿不曰西山,素月不曰明月,取其古朴素淡。不妨比较李白的《关山月》:"明月出天山,苍茫云海间。长风几万里,吹度玉门关。"虽然境界相似,风格则是唐音。那"明月"二字,便换不得"素月"。"风来入房户,中夜枕席冷。气变悟时易,不眠知夕永。"上四句,乃是从昼去夜来之一特定时分,来暗示"日月掷人去"之意,此四句,则是从夏去秋来之一特定时节,暗示此意,深化此意。夜半凉风吹进窗户,枕席已是寒意可感。因气候之变易,遂领悟到季节之改移。以不能够成眠,才体认到黑夜之漫长。种种敏锐感觉,皆暗示着诗人之一种深深悲怀。"欲言无予和,挥杯劝孤影。"和念去声,此指交谈。挥杯,摇动酒杯。孤影,即月光下自己之身影。欲将悲怀倾诉出来,可是无人与我交谈。只有挥杯劝影,自劝进酒而已。借酒浇愁,孤独寂寞,皆意在言外。李白《月下独酌》:"花间一壶酒,独酌无相亲。举杯邀明月,对影成三人。"大约即是从陶诗化出。不过,陶诗澹荡而深沉,李诗飘逸而豪放,风味不同。"日月掷人去,有志不获骋。"此二句,直抒悲怀,为全诗之核心。光阴流逝不舍昼夜,并不为人停息片刻,生命渐渐感到有限,有志却得不到施展。本题第五首云:"忆我少壮时,无乐自欣豫。猛志逸四海,骞翮思远翥。"《饮酒》第十六首云:"少年罕人事,游好在六经。"可见渊明平生志事,在于兼济天下,其根源乃是传统文化。志,乃是志士仁人之生命。生命之价值不能够实现,此实为古往今来志士仁人所共喻之悲慨。诗中掷之一字,骋之一字,皆极具力度感。唯骋字,能见出志向之远大;唯掷字,能写出日月之飞逝。日月掷人去愈迅速,则有志不获骋之悲慨,愈加沉痛迫切。"念此怀悲凄,终晓不能静。"终晓,谓从夜间直到天亮。念及有志而不获骋,不禁满怀苍凉悲慨,心情彻夜不能平静。上言中夜枕席冷,又言不眠知夜永,此言终晓不能静,志士悲怀,深沉激烈,一篇之中,三致意焉。一结苍凉无尽。

　　陶渊明此诗,将素月辉景荡荡万里之奇境,与日月掷人有志未骋之悲慨,打成一片。素月万里之境界,实为渊明襟怀之呈露。有志未骋之悲慨,亦是心灵中之一境界。所以诗的全幅境界,自然融为一境。诗中光风霁月般的志士襟怀,光阴流逝志业未成、生命价值未能实现之忧患意识,其陶冶人类心灵,感召、激励人类心灵之意义,乃是长青的,不会过时的。陶渊明此诗深受古往今来众多读者之喜爱,根源即在于此。

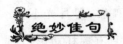

白日沦西阿,素月出东岭。

作者简介

　　谢灵运(公元 385—公元 433 年),祖籍陈郡阳夏(今河南大康),他出身于东晋大族,是谢玄的孙子,袭康乐公,因称"谢康乐"。刘宋代晋,降公爵为侯。宋少帝时,出为永嘉太守,不久辞官,东归会稽。文帝时,为临川内史。元嘉十年获罪被诛。性喜山水,是第一个大量创作山水诗的诗人。

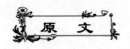

石壁精舍还湖中作

昏旦变气候，山水含清晖①。

清晖能娱人，游子憺忘归②。

出谷日尚早，入舟阳已微③。

林壑敛暝色，云霞收夕霏④。

芰荷迭映蔚⑤，蒲稗相因依⑥。

披拂趋南径，愉悦偃东扉⑧。

虑澹物自轻⑨，意惬理无违⑩。

寄言摄生客⑪，试用此道⑫推。

①清晖：指水光山色。

②娱人：使人喜悦。憺(dàn)：安闲舒适。这二句出于屈原《九歌·东君》"羌声色兮娱人，观者憺兮忘归"，意思是说山光水色使诗人心旷神怡，以至乐而忘返。

③入舟句：是说乘舟渡湖时天色已晚。

④林壑：树林和山谷。敛：收拢、聚集。暝色：暮色。霏：云飞貌。这二句是说森林山谷之间到处是一片暮色，飞动的云霞已经不见了。

⑤芰(jì)：菱。这句是说湖中芰荷绿叶繁盛互相映照着。

44

⑥蒲稗(bài)：菖蒲和稗草。这句是说水边菖蒲和稗草很茂密，交杂生长在一起。

⑦披拂：用手拨开草木。

⑧偃(yǎn)：仰卧。扉(fēi)：门。这句是说愉快地偃息在东轩之内。

⑨澹(dàn)：同"淡"。这句是说个人得失的考虑淡薄了，自然就会把一切都看得很轻。

⑩意惬(qiè)：心满意足。理：指养生的道理。这句是说内心感到满足，就不违背养生之道。

⑪摄生客：探求养生之道的人。

⑫此道：指上面"虑澹""意惬"二句所讲的道理。

诗中日

赏析

此诗乃灵运山水诗中的名篇，因而较为典型地体现了宋初诗风嬗变的某些特点。刘勰在《文心雕龙·明诗篇》中曾精辟地概括说："宋初文咏，体有因革，老、庄告退，而山水方滋。俪采百字之偶，争价一句之奇；情必极貌以写物，辞必穷力而追新。"而此诗恰好在讲究骈偶、刻意炼句，写景尽态极妍，文辞追求新奇等方面，均具有极为显著的特色。

起首二句即对偶精工而又极为凝炼，从大处、虚处勾勒山光水色之秀美。山间从清晨的林雾笼罩，到日出之后雾散云开，再到黄昏时暝色聚合，一天之内不仅气候冷暖多变，而且峰峦林泉、青山绿水在艳丽的红日光辉照耀下亦五彩缤纷，明暗深浅，绚烂多姿，形态百出，使人目不暇接，赏心悦目。"昏旦""气候"，从时间纵向上概括了一天的观览历程；"山水""清晖"，则从空间横向上包举了天地自然的立体全景。而分别着一"变"字、"含"字，则气候景象之变态出奇，山光水色之孕大含深，均给读者留下了遐思逸想。两句看似平常，却蕴含博大丰富。

"清晖"二句，用顶真手法蝉联而出，承接自然。虽由《楚辞·九歌·东君》中"羌声色兮娱人，观者憺兮忘归"句化出，但用在此处，却十分自然妥帖，完全是诗人特定情境中兴会淋漓的真实感受，明人胡应麟云："灵运诸佳句，多出深思苦索，如'清晖能娱人'之类，虽非锻炼而成，要皆真积所致。"（《诗薮·外编》）即指出了诗人并非故意效法前人，而是将由素养中得来的前人的成功经验，在艺术实践中触景而产生灵感，从而自然地或无意识地融化到自己的艺术构思之中。"娱人"，使人快乐；"憺"，安然貌。不说诗人留恋山水，乐而忘返，反说山水娱人，仿佛山水清晖也解人意，主动挽留诗人。所谓"以我观物，故物皆著我之色彩"。（《人间词话》）

"出谷"二句承上启下：走出山谷时天色还早，及至进入巫湖船上，日光已经昏暗了。这两句一则点明游览是一整天，与首句"昏旦"呼应；同时又暗中为下文写傍晚湖景作好过渡。

以上六句为第一层，总写一天游石壁的观感，是虚写、略写。"林壑"以下六句，则实写、详写湖中晚景：傍晚，林峦山壑之中，夜幕渐渐收拢聚合；天空中飞云流霞的余氛，正迅速向天边凝聚。湖水中，那田田荷叶，重叠葳蕤，碧绿的叶子抹上了一层夕阳的余晖，又投下森森的阴影，明暗交错，相互照映；那丛丛菖蒲，株株稗草，在船桨剪开的波光中摇曳动荡，左偏右伏，互相依倚。这四句从林峦沟壑写到天边云霞，从满湖的芰荷写到船边的蒲稗，描绘出一幅天光湖色辉映的湖上晚归图，进一步渲染出清晖娱人、游子憺然的意兴。这一段的写法，不仅路线贯穿、井然有序，而且笔触细腻、精雕细琢，毫发毕肖。在取景上，远近参差，视角多变，构图立体感、动态感强；在句法上，两两对偶，工巧精美。这一切，都体现出谢诗"情必极貌以写物，辞必穷力而追新"的特点。虽系匠心锻炼，却又归于自然。

"披拂"二句，写其舍舟陆行，拨开路边草木，向南山路径趋进；到家后

文学常识丛书

轻松愉快地偃息东轩,而内心的愉悦和激动仍未平静。这一"趋"一"偃",不仅点明上岸到家的过程,而且极带感情色彩:天晚赶忙归家,情在必"趋";一天游览疲劳,到家必"偃"(卧息)。可谓炼字极工。

末尾四句总上两层,写游后悟出的玄理。诗人领悟出:一个人只要思虑淡泊,那么对于名利得失、穷达荣辱这类身外之物自然就看得轻了;只要自己心里常常感到惬意满足,就觉得自己的心性不会违背宇宙万物的至理常道,一切皆可顺情适性,随遇而安。诗人兴奋之余,竟想把这番领悟出的人生真谛,赠予那些讲究养生(摄生)之道的人们,让他们不妨试用这种道理去作推求探索。这种因仕途屡遭挫折、政治失意,而又不以名利得失为怀的豁达胸襟,在那政局混乱、险象丛生、名士动辄被杀、争权夺利剧烈的晋宋时代,既有远祸全身的因素,也有志行高洁的一面。而这种随情适性、"虑澹物轻"的养生方法,比起魏晋六朝盛行的服药炼丹、追慕神仙以求长生的那种"摄生客"的虚妄态度,无疑也要理智、高明得多。因而我们似不能因其源于老庄思想,或以其有玄言的色彩,便不加分析地予以否定。何况在艺术结构上,这四句议论也并未游离于前面的抒情写景之外,而是一脉相承的,如箭在弦上,势在必发。

本篇除了具有刘勰所指出的那些宋初诗歌的普遍特征之外,还具有两个明显的个性特点:一是结构绵密,紧扣题中一个"还"字,写一天的行踪,从石壁—湖中—家中,次第井然。但重点工笔描绘的是傍晚湖景,因而前面几句只从总体上虚写感受。尽管时空跨度很大,但因虚实详略得宜,故毫无流水账的累赘之感。三个层次交关之处,两次暗透时空线索。如"出谷"收束题目前半,"入舟"引出题目后半"还湖中";"南径"明点舍舟陆行,"东扉"暗示到家歇息,并引出"偃"中所悟之理。针线细密,承转自然。其次,全诗融情、景、理于一炉,前两层虽是写景,但皆能寓情于景,景中含情。像"清晖""林壑""蒲稗"这些自然景物皆写得脉脉含情,似有人性,与诗人灵犀相通;而诗人一腔"愉悦"之情,亦洋溢跳荡在这些景物所组成的意象之中。正如王夫之所评:"谢诗……情不虚情,情皆可景;景非滞景,景总含情。"(《古诗评选》)结尾议论,正是"愉悦"之情的理性升华,仿佛水到渠成,势所必然。前人赞其"舒情缀景,畅达理旨,三者兼长,洵堪睥睨一世"(黄子云《野鸿诗的》)信非溢美。全诗充满了明朗奔放的喜悦情调,确如"东海扬帆,风日流丽。"(《敖陶孙诗评》)难怪连大诗人李白也喜欢引用此诗佳句:"故人赠我我不违,著令山水含清晖。顿惊谢康乐,诗兴生我衣。襟前林壑敛暝色,袖上云霞收夕霏。"(《酬殷明佐见赠五云裘歌》)即此亦可见其影响之一斑。

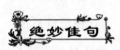

出谷日尚早,入舟阳已微。

文学常识丛书

作者简介

孟浩然(公元689—公元740年),唐代诗人。襄州襄阳(今湖北襄樊)人,世称孟襄阳。因他未曾入仕,又称之为孟山人。早年隐居鹿门山。年四十,游长安,应进士不第。后为荆州从事,开元末,疽发背卒。

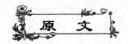

晚泊①浔阳望庐山

挂席几千里,名山都未逢。

泊舟浔阳郭,始见香炉峰。

尝读远公传,永怀尘外踪。

东林精舍近,日暮空闻钟。

①泊:停船,靠岸。

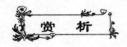

这首诗色彩淡素,浑成无迹,后人叹为"天籁"之作。上来四句,颇有气势,尺幅千里,一气直下。诗人用淡笔随意一挥,便把这江山胜处的风貌勾勒出来了,而且还传递了神情。

试想在那千里烟波江上,扬帆而下,心境何等悠然。一路上也未始无山,但总不见名山,直到船泊浔阳城下,头一抬,那秀拔挺出的庐山就在眼前突兀而起,"啊,香炉峰,这才见到了你,果然名不虚传!"四句诗,一气呵成,到"始"字轻轻一点,舟中主人那欣然怡悦之情就显示出来了。

香炉峰是庐山的秀中之秀,在不少诗人的歌咏中常见它美好的身影。

"日照香炉生紫烟"（李白《望庐山瀑布》），在李白笔下，香炉峰青铜般的颜色，被红日映照，从云环雾绕中透射出紫色的烟霞，这色彩何等秾丽。

李白用的是七彩交辉的浓笔，表现出他热烈奔放的激情和瑰玮绚烂的诗风。而此时的孟浩然只是怡悦而安详地观赏，领略这山色之美。因而他用的纯乎是水墨的淡笔，那么含蓄、空灵。从悠然遥望庐山的神情中，隐隐透出一种悠远的情思。

诗人以上半首叙事，略微见景，稍带述情，落笔空灵；下半首以情带景，情是内在的，他又以空灵之笔来写，确如昔人评曰："一片空灵。"

香炉峰烟云飘逸，远"望"着的诗人，神思也随之悠然飘忽，引起种种遐想。诗人想起了东晋高僧慧远，他爱庐山，刺史桓伊为他在这里建造了一座禅舍名"东林精舍"。据云那处所是："洞尽山美，却负香炉之峰，傍带瀑布之壑……清泉环阶，白云满室。"到这儿来的人都感到"神清而气肃"。这地方如此清幽，使人绝弃尘俗，当然也是为那些山林隐逸之士所向往的了。孟浩然是一位"红颜弃轩冕，白首卧松云"（李白《赠孟浩然》）的人物，所以他那"永怀尘外踪"的情怀是不难理解的。

诗人在遐想，深深怀念这位高僧的尘外幽踪，这时，夕阳斜照，忽然隐隐约约听到从远公安禅之地的东林寺里传来阵阵钟声，东林精舍近在眼前，而远公早作古人，高人不见，空闻钟声，心中不禁兴起一种无端的怅惘。"空"字情韵极为丰富。这儿是倒装句法，应该是先闻东林之钟然后得知精舍已"近"。这一结余音袅袅，含有不尽之意。且点出东林精舍，正是作者向往之处。"日暮"二字说明闻钟的时刻，"闻钟"又渲染了"日暮"的气氛，加深了深远的意境；同时，也是点题。

这首诗，诗人写来毫不费力，真有"挥毫落纸如云烟"之妙。诗人写出了"晚泊浔阳"时的所见、所闻、所思，流露出对隐逸生活的倾羡。然而尽管"精舍"很"近"，诗人却不写登临拜谒，笔墨下到"空闻"而止，"望"而不即，悠然神远。难怪主"神韵"说的清人王士禛极为赞赏此诗，把它与李白诗"牛渚西江夜"并举，用以说明司空图《诗品》中所谓"不著一字，尽得风流"的妙境，还说："诗至此，色相俱空，真如羚羊挂角，无迹可求，画家所谓逸品是也。"

东林精舍近，日暮空闻钟。

作者简介

　　王昌龄(约公元698—约公元756年),字少伯。京兆长安(今陕西省西安市)人。盛唐诗人。开元十五年中进士,补秘书省校书郎,调汜水尉。后以故遭谪岭南。开元二十八年为江宁县丞。天宝七载又贬为龙标尉。安史之乱爆发,他返回江宁,被亳州刺史闾丘晓杀害。

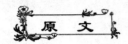

从军行①

大漠风尘日色昏,红旗半卷出辕门。

前军夜战洮河北,已报生擒吐谷浑。

①从军行:乐府古题,多用来描写军旅生活。

赏析

"大漠风尘日色昏",由于我国西北部的阿尔泰山、天山、昆仑山均呈自西向东或向东南走向,在河西走廊和青海东部形成一个大喇叭口,风力极大,狂风起时,飞沙走石。因此,"日色昏"接在"大漠风尘"后面,并不是指天色已晚,而是指风沙遮天蔽日。但这不光表现气候的暴烈,它作为一种背景出现,还自然对军事形势起着烘托、暗示的作用。在这种情势下,唐军采取什么行动呢?不是辕门紧闭,被动防守,而是主动出征。为了减少风的强大阻力,加快行军速度,战士们半卷着红旗,向前挺进。这两句于"大漠风尘"之中,渲染红旗指引的一支劲旅,好像不是自然界在逞威,而是这支军队卷尘挟风,如一柄利剑,直指敌营。这就把读者的心弦扣得紧紧的,让人感到一场恶战已迫在眉睫。这支横行大漠的健儿,将要演出怎样一种惊心动魄的场面呢?在这种悬想之下,再读后两句:"前军夜战洮河北,已报生擒吐谷浑。"这可以说是一落一起。读者的悬想是紧跟着刚才那支军队展开的，可是在沙场上大显身手的机会却并没有轮到他们。就在中途，捷报传来，前锋部队已在夜战中大获全胜，连敌酋也被生擒。情节发展得既快又不免有点出人意料，但却完全合乎情理，因为前两句所写的那种大军出征时迅猛、凌厉的声势，已经充分暗示了唐军的士气和威力。这支强大剽悍的增援部队，既衬托出前锋的胜利并非偶然，又能见出唐军兵力绰绰有余，胜券在握。

从描写看，诗人所选取的对象是未和敌军直接交手的后续部队，而对战果辉煌的"前军夜战"只从侧面带出。这是打破常套的构思。如果改成从正面对夜战进行铺叙，就不免会显得平板，并且在短小的绝句中无法完成。现在避开对战争过程的正面描写，从侧面进行烘托，就把绝句的短处变成了长处。它让读者从"大漠风尘日色昏"和"夜战洮河北"去想象前锋的仗打得多么艰苦，多么出色。从"已报生擒吐谷浑"去体味这次出征多么富有戏剧性。一场激战，不是写得声嘶力竭，而是出以轻快跳脱之笔，通过侧面的烘托、点染，让读者去体味、遐想。这一切，在短短的四句诗里表现出来，在构思和驱遣语言上的难度，应该说是超过"温酒斩华雄"那样一类小说故事的。

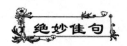

绝妙佳句

大漠风尘日色昏，红旗半卷出辕门。

作者简介

　　王维(公元 701—公元 761 年)，唐代著名诗人、画家。字摩诘，太原祁人。开元九年进士擢第。调太乐丞，坐累为济州司仓参军。历右拾遗、监察御史、左补阙、库部郎中。拜吏部郎中。天宝末，为给事中。安禄山陷两都，维为贼所得。贼平责授太子中允，迁中庶子、中书舍人。复拜给事中，转尚书右丞。

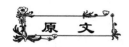

使至塞上①

单车②欲问边③,属国④过居延⑤。

征蓬⑥出汉塞,归雁入胡天。

大漠孤烟直,长河⑦落日圆。

萧关⑧选候骑⑨,都护⑩在燕然⑪。

诗中日

① 使至塞上:奉命出使边塞。

② 单车:形容轻骑简从。

③ 问边:慰问边士。

④ 属国:秦汉时官名典属国的简称,诗中指作者本人。当时作者以监察御史的身份出塞慰得胜将士。

⑤ 居延:城名,属凉州张掖郡,在今内蒙古自治区额济纳旗境内。指已归附的少数民族地区。

⑥ 征蓬:被风卷起远飞的蓬草,自喻。

⑦ 长河:指黄河。

⑧ 萧关:古关名,是关中通向塞北的交通要衝。在今宁夏回族自治区固原县东南。

⑨ 候骑:担任侦察、通讯的骑兵。

57

⑩都护：边疆的统帅正率兵虎据燕然，镇守着祖国的西北边陲。

⑪燕然：今蒙古人民共和国的杭爱山，这里代指前线。

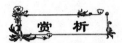

赏　析

　　开元二十五年（公元737年）三月，河西节度副大使崔希逸大败吐蕃于青海，王维以监察御史身份奉命出使塞上，宣慰将士，途中作此诗。诗以"饮问边"发端，继之以"过居延""出汉塞""入胡天"，骏快无比。"征蓬"，乃随风飘飞的蓬草；归雁，乃春暖后从南来飞回的大雁。这二者，都是塞上所见，又借以自况，比兴并用，情景交融。第三联乃千古名句：极目大漠，不见村落，只见一线孤烟，冲霄上腾，与天相接，显得格外笔直；遥望长河，不见树木，只见一轮落日在河面浮动，显得格外浑圆。点、线、面的巧妙配合，构成苍莽辽阔的画面，表现出塞上黄昏之时特有的奇景和诗人由此触发的悲壮情怀，为尾联蓄势。诗人奉命劳军，自应直赴主帅营地，然直写至营地，便嫌平板。此诗在展现大漠日暮的独特画面之后，不写继续前进，而以路遇候骑，喜闻捷报收尾，化苍凉为豪放，把落日的光芒扩展开来，照亮了整个"大漠"，那袅袅直上的"孤烟"，也不再报警，而是报告平安。构思之奇，谋篇之巧，匪夷所思！

　　王维的《使至塞上》中"大漠孤烟直，长河落日圆"一句，写诗人进入边塞后所看到的塞外奇特壮丽的风光，画面开阔，意境雄浑，被王国维称之为"千古壮观"的名句。《红楼梦》的第四十八回里说："'大漠孤烟直，长河落日圆'。想来烟如何直？日自然是圆的。这'直'字似无理，'圆'字似太俗。合上书一想，倒像是见了这景的。要说再找两个字换这两个，竟再也找不出两个字来。"闭上眼睛想象一下这幅画面，然后再描绘出来。"大漠"的"大"写边疆沙漠，浩瀚无边；边塞荒凉，没有什么奇观异景，烽火台燃起的那一股浓烟就显得格外醒目,因此称作"孤烟","孤"是写其景物的单调;沙漠上没有山峦树木,那横贯其间的黄河,唯有"长"字才能表达出给人的视觉印象;落日,又加上"圆"字,给人亲切温暖而又苍茫的感觉。一"长"一"直"又一"圆",似几何图形一样展现在天地间,大气浩瀚又沉寂苍凉,诗人把自己的孤寂情绪巧妙地融化在对广阔的自然景色的描绘中。

大漠孤烟直,长河落日圆。

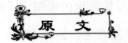
渭川田家

斜光照墟落,穷巷牛羊归。

野老念牧童,倚杖候荆扉①。

雉雊麦苗秀,蚕眠桑叶稀。

田夫荷锄至,相见语依依。

即此羡闲逸,怅然吟式微。

注 释

①荆扉:这里指的是柴门。

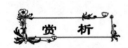赏 析

王维是唐代著名的大诗人,他的诗风变化多彩,具有不同的艺术风格与情致。有"大漠孤烟直,长河落日圆"的壮丽与开阔,也有"空山新雨后,天气晚来秋"的恬淡与平和。壮丽开阔的诗境,给人们视觉和感觉上的撞击,外显而强烈,品味起来容易激起共鸣,而恬淡平和的诗境,由于诗意含蓄、情感细腻,品味时则具有一定的难度。《渭川田家》属于后一种风格,这就需要我们细心咀嚼,体验回味。

夕阳西下、夜幕将临之际,诗人面对一幅恬然自乐的田家晚归图,油然而生羡慕之情。诗的核心是一个"归"字。

诗人一开头,首先描写夕阳斜照村落的景象,渲染暮色苍茫的浓烈气氛,作为总背景,统摄全篇。接着,诗人一笔就落到"归"字上,描绘了牛羊徐徐归村的情景,使人很自然地联想起《诗经》里的几句诗:"鸡栖于埘,日之夕矣,羊牛下来。君子于役,如之何勿思?"诗人痴情地目送牛羊归村,直至没入深巷。就在这时,诗人看到了更为动人的情景:柴门外,一位慈祥的老人拄着拐杖,正迎候着放牧归来的小孩。这种朴素的散发着泥土芬芳的深情,感染了诗人,似乎也分享到了牧童归家的乐趣。顿时间,他感到这田野上的一切生命,在这黄昏时节,似乎都在思归。不是吗?麦地里的野鸡叫得多动情啊,那是在呼唤自己的配偶呢;桑林里的桑叶已所剩无几,蚕儿开始吐丝作茧,营就自己的安乐窝,找到自己的归宿了。田野上,农夫们三三两两,扛着锄头下地归来,在田间小道上偶然相遇,亲切絮语,简直有点乐而忘归呢。诗人目睹这一切,联想到自己的处境和身世,十分感慨。自开元二十五年(公元737年)宰相张九龄被排挤出朝廷之后,王维深感政治上失去依傍,进退两难。在这种心绪下他来到原野,看到人皆有所归,唯独自己尚徬徨中路,怎能不既羡慕又惆怅?所以诗人感慨系之地说:"即此羡闲逸,怅然吟《式微》。"其实,农夫们并不闲逸。但诗人觉得和自己担惊受怕的官场生活相比,农夫们安然得多,自在得多,故有闲逸之感。《式微》是《诗经·邶风》中的一篇,诗中反复咏叹:"式微,式微,胡不归?"诗人借以抒发自己急欲归隐田园的心情,不仅在意境上与首句"斜阳照墟落"相照映,而且在内容上也落在"归"字上,使写景与抒情契合无间,浑然一体,画龙点睛式地揭示了主题。读完这最后一句,才恍然大悟:前面写了那么多的"归",实际上都是反衬,以人皆有所归,反衬自己独无所归;以人皆归得及时、亲切、惬意,反衬自己归隐太迟以及自己混迹官场的孤单、苦闷。这最后一句是全诗的重心和灵魂。如果以为诗人的本意就在于完成那幅田家

晚归图,这就失之于肤浅了。全诗不事雕绘,纯用白描,自然清新,诗意盎然。

斜光照墟落,穷巷牛羊归。

作者简介

　　李白(公元701—公元762年),字太白,号青莲居士。祖籍陇西成纪(今甘肃省天水市附近的秦安县),隋朝末年其先祖因罪住在中亚细亚。李白的家世和出生地至今还是个谜,学术界说法不一。一说李白就诞生在安西都护府所辖的碎叶城,五岁时随父迁到绵州昌隆县青莲乡。

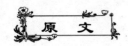

登金陵凤凰台①

凤凰台上凤凰游,凤去台空江自流。

吴宫②花草埋幽径,晋代衣冠③成古丘。

三山④半落青天外,一水中分白鹭洲⑤。

总为浮云能蔽日⑥,长安不见使人愁。

①金陵:今南京。凤凰台:旧址在南京凤凰山。相传刘宋元嘉间有异鸟集于山,被看作凤凰,遂筑此台。

②吴宫:指三国孙吴所建太初、昭明二宫。

③晋代衣冠:晋代,指东晋,南渡后建都于金陵,豪门权贵聚集于此。衣冠,指当时的名门贵族。

④三山:在今江宁一县西南,因三峰并列,南北相连而得名。

⑤白鹭洲:江中沙洲,在南京水西门外,因多聚白鹭而得名。

⑥浮云蔽日:喻奸臣当道,障蔽贤良。

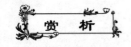

李白很少写律诗,而《登金陵凤凰台》却是唐代的律诗中脍炙人口的杰

作。此诗是作者流放夜郎遇赦返回后所作，一说是作者天宝年间，被排挤离开长安，南游金陵时所作。

开头两句写凤凰台的传说，十四字中连用了三个凤字，却不嫌重复，音节流转明快，极其优美。"凤凰台"在金陵凤凰山上，相传南朝刘宋永嘉年间有凤凰集于此山，乃筑台，山和台也由此得名。在封建时代，凤凰是一种祥瑞。当年凤凰来游象征着王朝的兴盛；如今凤去台空，六朝的繁华也一去不复返了，只有长江的水仍然不停地流着，大自然才是永恒的存在！

三四句就"凤去台空"这一层意思进一步发挥。三国时的吴和后来的东晋都建都于金陵。诗人感慨万分地说，吴国昔日繁华的宫廷已经荒芜，东晋的一代风流人物也早已进入坟墓。那一时的煊赫，在历史上留下了什么有价值的东西呢！

诗人没有让自己的感情沉浸在对历史的凭吊之中，他把目光又投向大自然，投向那不尽的江水："三山半落青天外，一水中分白鹭洲。""三山"在金陵西南长江边上，三峰并列，南北相连。陆游《入蜀记》云："三山，自石头及凤凰山望之，杳杳有无中耳。及过其下，距金陵才五十余里。"陆游所说的"杳杳有无中"正好注释"半落青天外"。李白把三山半隐半现、若隐若现的景象写得恰到好处。"白鹭洲"，在金陵西长江中，把长江分割成两道，所以说"一水中分白鹭洲"。这两句诗气象壮丽，对仗工整，是难得的佳句。

李白毕竟是关心现实的，他想看得更远些，从六朝的帝都金陵看到唐的都城长安。但是，"总为浮云能蔽日，长安不见使人愁。"这两句诗寄寓着深意。长安是朝廷的所在，日是帝王的象征。陆贾《新语·慎微篇》曰："邪臣之蔽贤，犹浮云之障日月也。"李白这两句诗暗示皇帝被奸邪包围，而自己报国无门，他的心情是十分沉痛的。"不见长安"暗点诗题的"登"字，触境生愁，意寓言外，饶有余味。相传李白很欣赏崔颢《黄鹤楼》诗，欲拟之较胜负，乃作《登金陵凤凰台》诗。《苕溪渔隐丛话》《唐诗纪事》都有类似的记载,或许可信。此诗与崔诗功力悉敌,正如方回《瀛奎律髓》所说:"格律气势,未易甲乙。"在用韵上,二诗都是意到其间,天然成韵。语言也流畅自然,不事雕饰,潇洒清丽。作为登临吊古之作,李诗更有自己的特点,它写出了自己独特的感受,把历史的典故、眼前的景物和诗人自己的感受,交织在一起,抒发了忧国伤时的怀抱,意旨尤为深远。

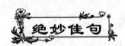

总为浮云能蔽日,长安不见使人愁。

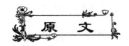

望庐山①瀑布

日照香炉②生紫烟,遥看瀑布挂前川③。
飞流直下三千尺,疑是银河落九天。

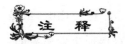

①庐山:在江西省九江市南,是我国著名的风景区。

②香炉:即香炉峰,在庐山西北,因形似香炉且山上经常笼罩着云烟而得名。

③挂前川:挂在前面的水面上。

香炉,指庐山香炉峰,"在庐山西北,其峰尖圆,烟云聚散,如博山香炉之状"(乐史《太平寰宇记》)。可是,到了诗人李白的笔下,便成了另一番景象:一座顶天立地的香炉,冉冉地升起了团团白烟,缥缈于青山蓝天之间,在红日的照射下化成一片紫色的云霞。这不仅把香炉峰渲染得更美,而且富有浪漫主义色彩,为不寻常的瀑布创造了不寻常的背景。接着诗人才把视线移向山壁上的瀑布。"遥看瀑布挂前川",前四字是点题;"挂前川",这是"望"的第一眼形象,瀑布像是一条巨大的白练高挂于山川之间。"挂"字很妙,它化动为静,惟妙惟肖地表现出倾泻的瀑布在"遥看"中的形象。谁

能将这巨物"挂"起来呢？"壮哉造化功"！所以这"挂"字也包含着诗人对大自然的神奇伟力的赞颂。第三句又极写瀑布的动态。"飞流直下三千尺"，一笔挥洒，字字铿锵有力。"飞"字，把瀑布喷涌而出的景象描绘得极为生动；"直下"，既写出山之高峻陡峭，又可以见出水流之急，那高空直落，势不可挡之状如在眼前。然而，诗人犹嫌未足，接着又写上一句"疑是银河落九天"，真是想落天外，惊人魂魄。"疑是"值得细味，诗人明明说得恍恍惚惚，而读者也明知不是，但是又都觉得只有这样写，才更为生动、逼真，其奥妙就在于诗人前面的描写中已经孕育了这一形象。你看！巍巍香炉峰藏在云烟雾霭之中，遥望瀑布就如从云端飞流直下，临空而落，这就自然地联想到像是一条银河从天而降。可见，"疑是银河落九天"这一比喻，虽是奇特，但在诗中并不是凭空而来，而是在形象的刻画中自然地生发出来的。它夸张而又自然，新奇而又真切，从而振起全篇，使得整个形象变得更为丰富多彩，雄奇瑰丽，既给人留下了深刻的印象，又给人以想象的余地，显示出李白那种"万里一泻，末势犹壮"的艺术风格。

宋人魏庆之说："七言诗第五字要响。……所谓响者，致力处也。"（《诗人玉屑》）这个看法在这首诗里似乎特别有说服力。比如一个"生"字，不仅把香炉峰写"活"了，也隐隐地把山间的烟云冉冉上升、袅袅浮游的景象表现出来了。"挂"字前面已经提到了，那个"落"字也很精彩，它活画出高空突兀、巨流倾泻的磅礴气势。很难设想换掉这三个字，这首诗将会变成什么样子。

中唐诗人徐凝也写了一首《庐山瀑布》。诗云："虚空落泉千仞直，雷奔入江不暂息。千古长如白练飞，一条界破青山色。"场景虽也不小，但还是给人局促之感，原因大概是它转来转去都是瀑布、瀑布……显得很实，很板，虽是小诗，却颇有点大赋的气味。比起李白那种入乎其内，出乎其外，有形有神，奔放空灵，相去实在甚远。无怪苏轼说："帝遣银河一派垂，古来唯有谪仙词。飞流溅沫知多少,不与徐凝洗恶诗。"(《戏徐凝瀑布诗》)话虽不无过激之处,然其基本倾向还是正确的,表现了苏轼不仅是一位著名的诗人,也是一位颇有见地的鉴赏家。

绝妙佳句

日照香炉生紫烟,遥看瀑布挂前川。

诗中日

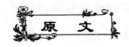

灞陵①行送别

送君②灞陵亭,灞水③流浩浩④。

上有无花之古树,下有伤心之春草。

我向秦人⑤问路岐⑥,云⑦是王粲⑧南登之古道⑨。

古道连绵走⑩西京⑪,紫阙⑫落日浮云生。

正当今夕断肠处⑬,骊歌⑭愁绝⑮不忍听。

①灞陵:汉文帝陵墓所在地,在长安东南,附近有灞桥,古人常在此送别。

②君:指李白的朋友,姓名不详。

③灞水:源出陕西蓝田县东,流经长安入渭河。

④浩浩:形容水势很大。

⑤秦人:指长安的人。

⑥路岐:歧路,岔道。

⑦云:说。

⑧王粲:东汉末年文学家,建安七子之一,曾任曹操的幕僚。

⑨南登之古道:指王粲离长安南奔荆州时所走的道路。初平三年(公元一九二年),董卓部将在长安作乱,王粲离长安南奔荆州,依刘表,曾作

《七哀诗》,诗中有"南登灞陵岸,回首望长安"之句。

⑩走:走向,通往。

⑪西京:即长安。

⑫紫阙:皇帝居住的宫殿。

⑬断肠处:指送别的地方。

⑭骊歌:古人告别亲友时所唱的歌。

⑮愁绝:悲愁万分。意为今晚在灞陵分别,骊歌哀愁,使人不忍听下去。

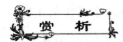

赏析

长安东南三十里处,原有一条灞水,汉文帝葬于此,遂称灞陵。唐代,人们出长安东门相送亲友,常常在这里分手。因此,灞上、灞陵、灞水等,在唐诗里经常是和离别联系在一起的。这些词本身就带有离别的色彩。"送君灞陵亭,灞水流浩浩。""灞陵""灞水"重叠出现,烘托出浓郁的离别气氛。写灞水水势"流浩浩",固然是实写,但诗人那种惜别的感情,不也如浩浩的灞水吗?这是赋,而又略带比兴。

"上有无花之古树,下有伤心之春草。"这两句一笔宕开,大大开拓了诗的意境,不仅展现了灞陵道边的古树春草,而且在写景中透露了朋友临别时不忍分手、上下顾盼、瞩目四周的情态。春草萋萋,自不必说会增加离别的惆怅意绪,令人伤心不已;而古树枯而无花,对于春天似无反映,那种历经沧桑、归于默然的样子,不是比多情的芳草能引起更深沉的人生感慨吗?这样,前面四句,由于点到灞陵、古树,在伤离、送别的环境描写中,已经潜伏着怀古的情绪了。于是五六句的出现就显得自然。

"我向秦人问路岐,云是王粲南登之古道。"王粲,建安时代著名诗人。

汉献帝初平三年，董卓的部将李傕、郭汜等在长安作乱，他避难荆州，作了著名的《七哀诗》，其中有"南登灞陵岸，回首望长安"的诗句。这里说朋友南行之途，乃是当年王粲避乱时走过的古道，不仅暗示了朋友此行的不得意，而且隐括了王粲《七哀诗》中"回首望长安"的诗意。不用说，友人在离开灞陵、长别帝都时，也会像王粲那样，依依不舍地翘首回望。

"古道连绵走西京，紫阙落日浮云生。"这是回望所见。漫长的古道，世世代代负载过多少前往长安的人，好像古道自身就飞动着直奔西京。然而今日的西京，巍巍紫阙之上，日欲落而浮云生，景象黯淡。这当然也带有写实的成分，灞上离长安三十里，回望长安，暮霭笼罩着宫阙的景象是常见的。但在古诗中，落日和浮云联系在一起时，往往有指喻"谗邪害公正"的寓意。这里便是用落日浮云来象征朝廷中邪佞蔽主，谗毁忠良，透露朋友离京有着令人不愉快的政治原因。

由此看来，行者和送行者除了一般的离情别绪之外，还有着对于政局的忧虑。理解了这种心情，对诗的结尾两句的内涵，也就有了较深切的体会。"正当今夕断肠处，骊歌愁绝不忍听。"骊歌，指逸诗《骊驹》，是一首离别时唱的歌，因此骊歌也就泛指离歌。骊歌之所以愁绝，正因为今夕所感受的，并非单纯的离别，而是由此触发的更深广的愁思。

诗是送别诗，真正明点离别的只收尾两句，但读起来却觉得围绕着送别，诗人抒发的感情绵长而深厚。从这首诗的语言节奏和音调，能感受出诗人欲别而不忍别的绵绵情思和内心深处相应的感情旋律。诗以两个较短的五言句开头，但"灞水流浩浩"的后面三字，却把声音拖长了，仿佛临歧欲别时感情如流水般地不可控制。随着这种"流浩浩"的情感和语势，以下都是七言长句。三句、四句和六句用了三个"之"字，一方面造成语气的贯注，一方面又在句中把语势稍稍煞住，不显得过分流走，则又与诗人送之而又欲留之的那种感情相仿佛。诗的一二句之间，有"灞陵"和"灞水"相递连；三四句"上有无花之古树，下有伤心之春草"，由于排比和用字的重迭，既相递连，又显得回荡。五六句和七八句，更是顶针直递而下，这就造成断而复续、回环往复的音情语气，从而体现了别离时内心深处的感情波澜。围绕离别，诗人笔下还展开了广阔的空间和时间：古老的西京，绵绵的古道，紫阙落日的浮云，怀忧去国、曾在灞陵道上留下足迹的前代诗人王粲……由于思绪绵绵，向着历史和现实多方面扩展，因而给人以世事浩茫的感受。

李白的诗，妙在不着纸。像这诗无论写友情，写朝局，与其说是用文字写出来的，不如说更多地是在语言之外暗示的。诗的风格是飘逸的，但飘逸并不等于缥缈空泛，也不等于清空。其思想内容和艺术形象却又都是丰满的。诗中展现的西京古道、暮霭紫阙、浩浩灞水，以及那无花古树、伤心春草，构成了一幅令人心神激荡而几乎目不暇接的景象，这和清空缥缈便迥然不同。像这样随手写去，自然流逸，但又有浑厚的气象、充实的内容，是别人所难以企及的。

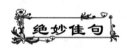

古道连绵走西京，紫阙落日浮云生。

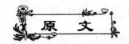
送友人

青山横北郭①，白水绕东城。

此地一为别②，孤蓬③万里征④。

浮云游子意，落日故人情。

挥手自兹去，萧萧⑤班⑥马鸣。

注　释

①郭：外城。

②为别：作别。

③孤蓬：一名"飞蓬"，枯后根断，常随风飞旋。

④万里征：万里行。

⑤萧萧：马鸣声。

⑥班：分别。

赏　析

这是一首情意深长的送别诗，作者通过送别环境的刻画、气氛的渲染，表达出依依惜别之意。

首联点出告别的地点。诗人和友人并肩缓辔来到城外，举首远望，只见一抹青翠的山峦横亘在外城的北面，一湾清澄的流水绕城东潺潺而过。这是

写景,但景中含情。那抹淡远的青山可望而不可即,引出一缕怅惘之意,暗透出诗人对眼前离别的无可奈何;而那湾绕城的流水似乎又象征着绵绵离情,潺潺不绝。这一联"青山"对"白水","北郭"对"东城",对得很工整,而且"青""白"相映,使整个画面色彩清丽。"横"字写青山的静,"绕"字写白水的动,也相当准确。

接下去两句写情。诗人借孤蓬来比喻友人的漂泊生涯,说:此地一别,离人就要像那随风飞舞的蓬草,飘到万里之外去了。这两句表达了诗人对友人的深切关心,写得流畅自然,感情真挚。

颈联"浮云游子意,落日故人情",大笔挥洒出分别时的寥廓背景:天边一片白云飘然而去,一轮红日正向着地平线徐徐而下。此时此景,更令人感到离别的凄凉痛苦,难舍难分。这两句"浮云"对"落日","游子意"对"故人情",也对得很工整,切景切题。诗人不仅是写景,而且还巧妙地用"浮云"来比喻友人,他就像天边的浮云,行踪不定,任意东西,谁知道他会漂泊到何处呢?无限关切之意自然溢出。而那一轮西沉的红日落得那么徐缓,恋恋不舍地把最后的光线投向青山白水,仿佛不忍遽然离开。而这正是诗人此刻心情的象征啊!

结尾两句写离别时的场景。诗人和友人马上挥手告别,频频致意;那两匹马似乎和主人的心意相通,不时萧萧长鸣。诗人虽然没有直接说离别的感觉,然而马尚且不耐离情的凄苦,扬鬃哀嘶,人何以堪!

这首诗写得自然明快,感情热诚。诗中青翠的山峦,清澄的流水,火红的落日,洁白的浮云,再加上班马长鸣,组成了一幅有声有色的画面,画面中流荡着无限温馨的情意,感人肺腑。

绝妙佳句

浮云游子意,落日故人情。

望天门山①

天门中断楚江②开，碧水东流至此回③。

两岸青山相对出④，孤帆一片日边⑤来。

①天门山：位于安徽省和县与当涂县西南的长江两岸，在江北的叫西梁山，在江南的叫东梁山。两山隔江对峙，形同门户，所以叫"天门"。

②楚江：即长江。古代长江中游地带属楚国，所以叫"楚江"。

③至此回：长江东流至天门山附近回旋向北流去。回，回旋。

④出：突出。

⑤日边：天边。

文学常识丛书

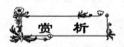
　　天门山，就是安徽当涂县的东梁山（古代又称博望山）与和县的西梁山的合称。两山夹江对峙，像一座天设的门户，形势非常险要，"天门"即由此得名。诗题中的"望"字，说明诗中所描绘的是远望所见的天门山的壮美景色。历来的许多注本由于没有弄清"望"的立脚点，所以往往把诗意理解错了。

　　天门山夹江对峙，所以写天门山离不开长江。诗的前幅即从"江"与

"山"的关系着笔。第一句"天门中断楚江开",着重写出浩荡东流的楚江(长江流经旧楚地的一段)冲破天门奔腾而去的壮阔气势。它给人以丰富的联想:天门两山本来是一个整体,阻挡着汹涌的江流。由于楚江怒涛的冲击,才撞开了"天门",使它中断而成为东西两山。这和作者在《西岳云台歌》中所描绘的情景颇为相似:"巨灵(河神)咆哮擘两山(指河西的华山与河东的首阳山),洪波喷流射东海。"不过前者隐后者显而已。在作者笔下,楚江仿佛成了有巨大生命力的事物,显示出冲决一切阻碍的神奇力量,而天门山也似乎默默地为它让出了一条通道。

第二句"碧水东流至此回",又反过来着重写夹江对峙的天门山对汹涌奔腾的楚江的约束力和反作用。由于两山夹峙,浩阔的长江流经两山间的狭窄通道时,激起回旋,形成波涛汹涌的奇观。如果说上一句是借山势写出水的汹涌,那么这一句则是借水势衬出山的奇险。有的本子"至此回"作"直北回",解者以为指东流的长江在这一带回转向北。这也许称得上对长江流向的精细说明,但不是诗,更不能显现天门奇险的气势。试比较《西岳云台歌送丹丘子》:"西岳峥嵘何壮哉!黄河如丝天际来。黄河万里触山动,盘涡毂转秦地雷。""盘涡毂转"也就是"碧水东流至此回",同样是描绘万里江河受到峥嵘奇险的山峰阻遏时出现的情景。绝句尚简省含蓄,所以不像七古那样写得淋漓尽致。

"两岸青山相对出,孤帆一片日边来。"这两句是一个不可分割的整体。上句写望中所见天门两山的雄姿,下句则点醒"望"的立脚点和表现诗人的淋漓兴会。诗人并不是站在岸上的某一个地方遥望天门山,他"望"的立脚点便是从"日边来"的"一片孤帆"。读这首诗的人大都赞赏"两岸青山相对出"的"出"字,因为它使本来静止不动的山带上了动态美,但却很少去考虑诗人何以有"相对出"的感受。如果是站在岸上某个固定的立脚点"望天门山",那大概只会产生"两岸青山相对立"的静态感。反之,舟行江上,顺流

诗中日

而下，望着远处的天门两山扑进眼帘，显现出愈来愈清晰的身姿时，"两岸青山相对出"的感受就非常突出了。"出"字不但逼真地表现了在舟行过程中"望天门山"时天门山特有的姿态，而且寓含了舟中人的新鲜喜悦之感。夹江对峙的天门山，似乎正迎面向自己走来，表示它对江上来客的欢迎。

青山既然对远客如此有情，则远客自当更加兴会淋漓。"孤帆一片日边来"，正传神地描绘出孤帆乘风破浪，越来越靠近天门山的情景，和诗人欣睹名山胜景、目接神驰的情状。它似乎包含着这样的潜台词：雄伟险要的天门山啊，我这乘一片孤帆的远方来客，今天终于看见了你。

由于末句在叙事中饱含诗人的激情，这首诗便在描绘出天门山雄伟景色的同时突出了诗人的自我形象。如果要正题，诗题应该叫"舟行望天门山"。

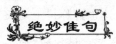

绝妙佳句

两岸青山相对出，孤帆一片日边来。

作者简介

刘长卿(？—约公元790年)字文房,郡望河间(今属河北),籍贯宣城(今属安徽)。

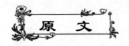

穆陵关①北逢人归渔阳

逢君穆陵路,匹马向桑乾②。

楚国③苍山古,幽州④白日寒。

城池百战后,耆旧几家残。

处处蓬蒿遍,归人掩泪看。

 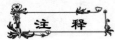

①穆陵关:穆陵关在今湖北麻城北面,渔阳郡治在今天津市蓟县。唐代宗大历五六年间(公元770—公元771年),刘长卿曾任转运使判官、淮西鄂岳转运留后等职,活动于湖南、湖北。诗当作于此时。

②桑乾:即桑乾河,今永定河,源出山西,流经河北,此指行客家在渔阳。

③楚国:即指穆陵关所在地区,并以概指江南。

④幽州:即渔阳,也以概指北方。

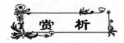

当时,安史之乱虽已平定,但朝政腐败,国力衰弱,藩镇割据,军阀嚣张,人民惨遭重重盘剥,特别是安史叛军盘踞多年的北方各地,更是满目疮

痍,一片凋敝景象。刘长卿对此十分了解,深为忧虑。因此当他在穆陵关北,陌路遇到一位急切北返渔阳的行客,不禁悲慨万分地把满腹忧虑告诉了这位归乡客,忠厚坦诚,语极沉郁。

首联写相逢地点和行客去向。关隘相逢,彼此都是过客,初不相识。诗人见归乡客单身匹马北去,便料想他流落江南已久,急切盼望早日回家和亲人团聚。然而等待着他的又将是什么呢?次联借山水时令,含蓄深沉地勾勒南北形势,暗示他此行前景,为国家忧伤,替行客担心。"苍山古"是即目,"白日寒"是遥想,两两相对,寄慨深长。其具体含意,历来理解不一。或说"苍山古"谓青山依旧,而人事全非,则江南形势也不堪设想;或说"苍山古"谓江南总算青山依旧,形势还好,有劝他留下不归的意味。二说皆可通。"幽州白日寒",不仅说北方气候寒冷,更暗示北方人民的悲惨处境。这二句,诗人运用比兴手法,含蕴丰富,令人意会不尽。接着,诗人又用赋笔作直接描写。经过长期战乱,城郭池隍破坏,土著大族凋残,到处是废墟,长满荒草,使回乡的人悲伤流泪,不忍目睹。显然,三四联的描述,充实了次联的兴寄,以预诫北归行客,更令人深思。

这是一篇痛心的宽慰语,恳切的开导话,寄托着诗人忧国忧民的无限感慨。手法以赋为主而兼用比兴,语言朴实而饱含感情。尤其是第二联:"楚国苍山古,幽州白日寒",不唯形象鲜明,语言精炼,概括性强,而且承上启下,扩大境界,加深诗意,是全篇的关键和警策。它令人不语而悲,不寒而栗,印象深刻,感慨万端。也许正由于此,它才成为千古流传的名句。

楚国苍山古,幽州白日寒。

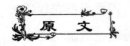

送灵澈上人①

苍苍②竹林寺③，杳杳④钟声晚。
荷笠⑤带夕阳，青山独归远。

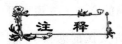 注　释

①灵澈上人：唐代著名僧人；上人，对僧人的敬称。
②苍苍：深青色。
③竹林寺：在现在江苏丹徒南。
④杳杳（yǎoyǎo）：深远的样子。
⑤荷（hè）笠：背着斗笠。荷，背着。

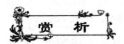 赏　析

灵澈上人是中唐时期一位著名诗僧，俗姓汤，字源澄，会稽（今浙江绍兴）人，出家的本寺就在会稽云门山云门寺。竹林寺在润州（今江苏镇江），是灵澈此次游方歇宿的寺院。这首小诗写诗人在傍晚送灵澈返竹林寺时的心情。它即景抒情，构思精致，语言精炼，素朴秀美，所以为中唐山水诗的名篇。

前二句想望苍苍山林中的灵澈归宿处，远远传来寺院报时的钟响，点明时已黄昏，仿佛催促灵澈归山。后二句即写灵澈辞别归去的情景。灵澈戴着斗笠,披带夕阳余晖,独自向青山走去,越来越远。"青山"即应首句"苍苍竹林寺",点出寺在山林。"独归远"显出诗人伫立目送,依依不舍,结出别意。全诗表达了诗人对灵澈的深挚的情谊,也表现出灵澈归山的清寂的风度。送别往往黯然情伤,但这首送别诗却有一种闲淡的意境。

刘长卿和灵澈相遇又离别于润州,大约在唐代宗大历四、五年间(公元769—公元770年)。刘长卿自从上元二年(公元761年)从贬谪南巴(今广东茂名南)归来,一直失意待官,心情郁闷。灵澈此时诗名未著,云游江南,心情也不大得意,在润州逗留后,将返回浙江。一个宦途失意客,一个方外归山僧,在出世入世的问题上,可以殊途同归,同有不遇的体验,共怀淡泊的胸襟。这首小诗表现的就是这样一种境界。

精美如画,是这首诗的明显特点。但这帧画不仅以画面上的山水、人物动人,而且以画外的诗人自我形象,令人回味不尽。那寺院传来的声声暮钟,触动诗人的思绪;这青山独归的灵澈背影,勾惹诗人的归意。耳闻而目送,心思而神往,正是隐藏在画外的诗人形象。他深情,但不为离别感伤,而由于同怀淡泊;他沉思,也不为僧儒殊途,而由于趋归意同。这就是说,这首送别诗的主旨在于寄托着、也表露出诗人不遇而闲适、失意而淡泊的情怀,因而构成一种闲淡的意境。十八世纪法国狄德罗评画时说过:"凡是富于表情的作品可以同时富于景色,只要它具有尽可能具有的表情,它也就会有足够的景色。"(《绘画论》)此诗如画,其成功的原因亦如绘画,景色的优美正由于抒情的精湛。

荷笠带夕阳,青山独归远。

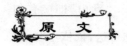
饯别王十一①南游

望君烟水阔,挥手泪沾巾。

飞鸟②没何处,青山空向人。

长江一帆远,落日五湖③春。

谁见汀洲④上,相思愁白蘋。

注 释

①饯别:设宴送行。王十一:名不详,排行十一。

②飞鸟:喻王十一。

③五湖:指太湖。

④汀洲:水边或水中平地。

文学常识丛书

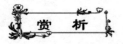
赏 析

这首送别诗,着意写与友人离别时的心情。诗人借助眼前景物,通过遥望和凝思,来表达离愁别绪。手法新颖,不落俗套。

诗题虽是"饯别",但诗中看不到饯别的场面,甚至一句离别的话语也没有提及。诗一开始,他的朋友王十一(此人名字爵里不详)已经登舟远去,小船行驶在浩渺的长江之中。诗人远望着烟水空茫的江面,频频挥手,表达自己依依之情。此时,江岸上只留下诗人自己。友人此刻又如何,读者已无从知道,但从诗人送别的举动,却可想象到江心小舟友人惜别的情景。笔墨集中凝练,构思巧妙。诗人以"望""挥手""泪沾巾"这一系列动作,浓墨渲染了自己送别友人时的心情。他没有直抒心中所想,而是借送别处长江两岸的壮阔景物入诗,用一个"望"字,把眼前物和心中情融为一体,让江中烟水、岸边青山、天上飞鸟都来烘托自己的惆怅心情。

第三句是实写又是虚拟,诗中"飞鸟"隐喻友人的南游,写出了友人的远行难以预料,倾注了自己的关切和忧虑。"没"字,暗扣"望"。"何处"则点明凝神远眺的诗人,目光久久地追随着远去的友人,愁思绵绵,不绝如缕。真诚的友情不同于一般的客套,它不在当面应酬,而在别后思念。诗人对朋友的一片真情,正集聚在这别后的独自久久凝望上。

85

然而,目力所及总是有限的。朋友远去了,再也望不到了。别后更谁相伴?只见一带青山如黛,依依向人。一个"空"字,不只点出了被送的人是远了,同时烘托出诗人此时空虚寂寞的心境。回曲跌宕之中,见出诗人借景抒情的功力。

五六两句,从字面上看,似乎只是交代了朋友远行的起止:友人的一叶风帆沿江南去,渐渐远行,抵达五湖(当指太湖)畔后休止。然而,诗句所包含的意境却不止于此。友人的行舟消逝在长江尽头,肉眼是看不到了,但是诗人的心却追随友人远去一直伴送他到达目的地。你看,在诗人的想象中,他的朋友不正在夕阳灿照的太湖畔观赏明媚的春色吗!

诗的最后,又从恍惚的神思中折回到送别的现场来。诗人站在汀洲之上,对着秋水滔花出神,久久不忍归去,心中充满着无限愁思。情景交融,首尾相应,离思深情,悠然不尽。

长江一帆远,落日五湖春。

作者简介

　　杜甫(公元712—公元770年),字子美,唐代著名诗人。祖籍襄阳(今属湖北),生于河南巩县。

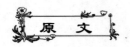

日 暮

牛羊下来久,各已闭柴门。

风月自清夜,江山非故园。

石泉流暗壁,草露滴秋根①。

头白灯明里,何须花烬繁。

注 释

①此句原为"暗泉流石壁,秋露滴草根"。

赏 析

"牛羊下来久,各已闭柴门。"夕阳的淡淡余晖洒满偏僻的山村,一群群牛羊早已从田野归来,家家户户深闭柴扉,各自团聚。首联从《诗经》"日之夕矣,羊牛下来"句点化而来。"牛羊下来久"句中仅著一"久"字,便另创新的境界,使人自然联想起山村傍晚时的闲静;而"各已闭柴门",则使人从阒寂而冷漠的村落想象到户内人们享受天伦之乐的景况。这就隐隐透出一种思乡恋亲的情绪。皓月悄悄升起,诗人凝望着这宁静的山村,禁不住触动思念故乡的愁怀:

"风月自清夜,江山非故园。"秋夜,晚风清凉,明月皎洁,瀼西的山川在月光覆照下明丽如画,无奈并非自己的故乡风物!淡淡二句,有着多少悲郁之感。杜甫在这一联中采用拗句。"自"字本当用平声,却用了去声,"非"字应用仄声而用了平声。"自"与"非"是句中关键有字眼,一拗一救,显得波澜有致,正是为了服从内容的需要,深曲委婉地表达了怀念故园的深情。江山美丽,却非故园。这一"自"一"非",隐含着一种无可奈何的情绪和浓重的思乡愁怀。

夜愈深,人更静,诗人带着乡愁的眼光观看山村秋景,仿佛蒙上一层清冷的色彩:"石泉流暗壁,草露滴秋根",这两句词序有意错置,原句顺序应为:"暗泉流石壁,秋露滴草根"。意思是,清冷的月色照满山川,幽深的泉水在石壁上潺潺而流,秋夜的露珠凝聚在草根上,晶莹欲滴。意境是多么凄清而洁净!给人以悲凉、抑郁之感。词序的错置,不仅使声调更为铿锵和谐,而且突出了"石泉"与"草露",使"流暗壁"和"滴秋根"所表现的诗意更加奇逸、浓郁。从凄寂幽邃的夜景中,隐隐地流露出一种迟暮之感。

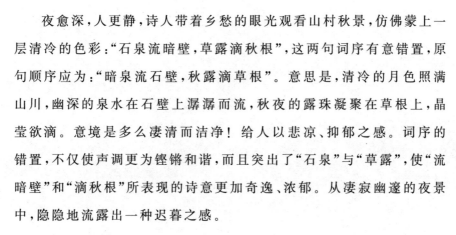

景象如此冷漠,诗人不禁默默走回屋里,挑灯独坐,更觉悲凉凄怆:"头白灯明里,何须花烬繁。"杜甫居蜀近十载,晚年老弱多病,如今,花白的头发和明亮的灯光交相辉映,济世既渺茫,归乡又遥遥无期,因而尽管面前灯烬结花斑斓繁茂,似乎在预报喜兆,诗人不但不觉欢欣,反而倍感烦恼,"何须"一句,说得幽默而又凄婉,表面看来好像是宕开一层的自我安慰,其实却饱含辛酸的眼泪和痛苦的叹息。

"情语能以转折为含蓄者,唯杜陵居胜。"(《姜斋诗话》)王夫之对杜诗的评语也恰好阐明本诗的艺术特色。诗人的衰老感,怀念故园的愁绪,诗中都没有正面表达,结句只委婉地说"何须花烬繁",嗔怪灯花报喜,仿佛喜兆和自己根本无缘,沾不上边似的,这样写确实婉转曲折,含蓄蕴藉,耐人

89

寻味,给人以更鲜明的印象和深刻的感受,艺术上可谓达到了炉火纯青的境地。

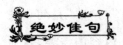

石泉流暗壁,草露滴秋根。

作者简介

　　岑参(公元715—公元710年),江陵(今湖北省江陵县)人,天宝三年进士,授右帅府兵曹参军。天宝八年为安西节度使高仙芝幕府掌书记,不久,入朝任左补阙、太子中允等,天宝十三年再度出塞,为安西、北庭节度判官。后为嘉州刺史,世称岑嘉州。死于成都旅舍。岑参的诗,早期追求华艳。后来几度出塞,多年的戎马生活、塞外奇险的自然风光,使他的诗发生了重大变化。他善于应用多变的笔触、新奇的想象、磅礴的气势,表现塞外的山川景物和战争场面,给人以惊险、奇伟的感觉,形成"语奇体峻、意亦造奇"的独特艺术风格,成为边塞诗派的杰出代表作家之一。其诗名与高适并称。有《岑嘉州集》。

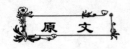

山房春事①

梁园②日暮乱飞鸦③，极目萧条三两家。

庭树④不知人去尽，春来还发旧时花。

①春事：春天的景象。此题原作二首，这是第二首。

②梁园：亦名梁苑，即兔园，俗名竹园。西汉梁孝王刘武所建。故址在今河南省商丘县东。周围三百多里。园中有各种山池洲渚，宫观相连，奇花异树，错长其间，珍禽怪兽，出没其中。当时著名赋家枚乘还特为写了《梁王兔园赋》，极颂其宏丽。

③乱飞鸦：作者当时看到萧条景象，言已今非昔比了。

④庭树：指梁园中残存的树木。此二句是反说，诗人不言自己深知物是人非，却道无知的花树遵循自然规律，不管人事沧桑，依然开出当年的花来。

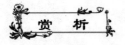

这是一首吊古之作。梁园又名兔园，俗名竹园，西汉梁孝王刘武所建，故址在今河南省商丘县东，周围三百多里。园中有百灵山、落猿岩、栖龙岫、雁池、鹤洲、凫渚，宫观相连，奇果佳树，错杂其间，珍禽异兽，出没其中。

梁孝王曾在园中设宴，一代才人枚乘、司马相如等都应召而至。到了春天，更见热闹：百鸟鸣啭，繁花满枝，车马接轸，士女云集。

就是这样一个繁盛所在，如今所见，则是："梁园日暮乱飞鸦，极目萧条三两家。"这两句描画出两幅远景：仰望空中，晚照中乱鸦聒噪；平视前方，一片萧条，唯有三两处人家。当年"声音相闻""往来霞水"（枚乘《梁王兔园赋》）的各色飞禽不见了，宫观楼台也已荡然无存。不言感慨，而今古兴亡、盛衰无常的感慨自在其中。从一句写到二句，极自然，却极工巧：人们对事物的注意，常常由听觉引起。一片聒噪声，引得诗人抬起头来，故先写空中乱鸦。"日暮"时分，众鸟投林，从天空多鸦，自可想见地上少人，从而自然引出第二句中的一派萧条景象。

诗人在远望以后，收回目光，就近察看，只见庭园中的树木，繁花满枝，春色不减当年。就像听到丁丁的伐木声，更感到山谷的幽静一样，这突然闯入他的视野中的绚丽春光，进一步加深了他对梁园极目萧条的印象。梁园已改尽昔日容颜，为什么春花却依旧盛开呢？"庭树不知人去尽，春来还发旧时花。"诗人不说自己深知物是人非，却偏从对面翻出，说是"庭树不知"；不说今日梁园颓败，深可伤悼，自己无心领略春光，却说无知花树遵循自然规律，偏在这一片萧条之中依然开出当年的繁花。感情极沉痛，出语却极含蓄。

作为一首吊古之作，梁园的萧条是诗人所要着力描写的。然而一、二两句已经把话说尽，再要顺着原有思路写出，势必叠床架屋。诗人于紧要处别开生面，在画面的主题位置上添上几笔艳丽的春色。以乐景写哀情，相反而相成，梁园的景色愈见萧条，诗人的吊古之情也愈见伤痛了，反衬手法运用得十分巧妙。

全诗分前后两部分，笔法不同，色调各异，然而又并非另起炉灶，"庭树"与"飞鸦"暗相关合（天空有鸟，地上有树）。篇末以"旧时花"遥应篇首

"梁园"，使全诗始终往复回还于一种深沉的历史感情之中。沈德潜在《唐诗别裁》中赞许这首诗说："后人袭用者多，然嘉州实为绝调。"历来运用反衬手法表现吊古主题的作品固然不少，但有如此诗老道圆熟的，却不多见。

绝妙佳句

梁园日暮乱飞鸦，极目萧条三两家。

作者简介

李益(公元 748—公元 829 年),字君虞,祖籍陇西姑臧(今甘肃武威),迁居郑州(今属河南)。大历四年(公元 769 年)进士及第,六年中讽谏主文科,授郑县(今陕西华县)尉,迁主簿。

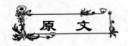
度破讷沙二首①（其二）

破讷沙头雁正飞，鹈鹕泉上战初归。
平明日出东南地，满碛寒光生铁衣。

①诗题一作"塞北行次度破讷沙"。据说唐代丰州有九十九泉，在西受降城北三百里的鹈鹕泉号称最大。唐宪宗元和初，回鹘曾以骑兵进犯，与镇武节度使驻兵在此交战。诗当概括了这样的历史内容。"破讷沙"系沙漠译名，亦作"普纳沙"（《新唐书·地理志七》）。

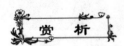
前两句写部队凯旋渡过破讷沙的情景。从三句始写"平明日出"可知，此是黎明尚未到来。军队夜行，"不闻号令，但闻人马之行声"，时而兵戈相拨，偶有铮铮之鸣。栖息在沙上的雁群，却早已警觉，相唤腾空飞去。"战初归"乃正写"度破讷沙"之事，"雁正飞"则是其影响所及。先写飞雁，未见其形先闻其声，造成先声夺人的效果。两句与卢纶《塞下曲》"月黑雁飞高，单于夜遁逃"，机杼略同，匠心偶合。不过"月黑雁飞高"用字稍刻意，烘托出单于的惊惶；"雁正飞"措辞较从容，显示出凯旋者的气派，彼此感情色彩不同。三句写一轮红日从地平线喷薄而出（因人在西北，所以见"日出东南"),在广袤的平沙之上,行进的部队蜿如游龙,战士的盔甲银鳞一般,在日照下冷光闪闪,而整个沙原上,沙砾与霜华也闪烁光芒,鲜明夺目。是一幅何等有生气的壮观景象!风沙迷漫的大漠上,本难见天清日丽的美景,而现在这样的美景竟为战士而生了。而战士的归来也使沙原增辉:仿佛整个沙漠耀眼的光芒,都自他们的甲胄发出。这又是何等光辉的人物形象!这里,境与意、客观的美景与主观的情感得到高度统一。

清人吴乔曾说:"七绝乃偏师,非必堂堂之阵,正正之旗,有或斗山上,或斗地下者。"(《围炉诗话》)此诗主要赞颂边塞将士的英雄气概,不写战斗而写战归。取材上即以偏师取胜,发挥了绝句特长。通篇造境独到,声情激越雄健,是盛唐高唱的余响。

平明日出东南地,满碛寒光生铁衣。

作者简介

　　白居易(公元772—公元846年),唐代诗人。字乐天,号香山居士、醉吟先生。

暮江吟

一道残阳①铺水中,半江瑟瑟②半江红。

可怜③九月初三夜,露似真珠④月似弓⑤。

①残阳:将落山的太阳光。

②瑟瑟:碧绿色。

③怜:爱。

④真珠:即珍珠。

⑤月似弓:农历九月初三,上弦月,其弯如弓。

这首写景诗约作于唐长庆二年(公元 822 年)。这年七月白居易由中书舍人出任杭州刺史,经襄阳、汉口,于十月一日抵抗,此诗当作于赴杭的江行途中。

全诗构思妙绝之处,在于摄取了两幅幽美的自然界的画面,加以组接。一幅是夕阳西沉、晚霞映江的绚丽景象,一幅是弯月初升,露珠晶莹的朦胧夜色。两者分开看各具佳景,合起来读更显妙境。正由于它们显示了一个时空位移的运动过程,这就暗中点出了诗人游览时间之长和兴趣之浓。从而,艺术地表现了诗人被自然景色所感染、所陶醉的审美历程。由于这首诗渗透了诗人被迫远离朝廷后轻松愉悦的解放情绪和个性色彩,因而又使全诗成了诗人特定境遇下审美心理功能的艺术载体。

"一道残阳铺水中"。不说"照"而说"铺",这更生动,也更准确。"残阳"不仅照射在江面上,而且余晖染红了整个天际,火红的晚霞又降落、铺展在静碧的江面上。晚霞在残阳的热情护送下,融入江水,半隐半现、若暗若明的绚丽风光多么逗人情思。明代杨慎《升庵外集》曾举白居易其他诗句,如"两面苍苍岸,中心瑟瑟流""沙头雨染斑斑草,水面风驱瑟瑟波",来说明诗人常喜用"瑟瑟"一词来形容水波的碧色。其《升庵诗话》评此诗云:"诗有丰韵,言残阳铺水,半江之碧如瑟瑟之色,半江红日所映也。可谓工致入画。"这种金波粼粼、黛绿瑟瑟的光色交错,瞬息万变的奇妙景色,确如《唐宋诗醇》所评此诗"写景奇丽,是一幅着色秋江图"。

宗白华先生说:"艺术意境不是单层的平面的自然的再现,而是一个境界层深的创构。"(《中国艺术意境之诞生》)如果说,南朝谢朓《晚登三山还望京邑》中,写春江日暮景色的名句:"余霞散成绮,澄江静如练",纯属那一时代"贵尚形似"(钟嵘《诗品》)的文艺思想在谢朓审美意识中的积淀和外化;它只是描写了日落时一个凝结了的瞬间,像一幅淡淡泼墨而成的春江素描画;那么,白居易的"一道残阳铺水中,半江瑟瑟半江红",则是盛唐以来"搜求于象,心入于境,神会于物,因心而得"(王昌龄语,见《唐音癸签》卷二)的文艺思潮,在白居易笔下,审美的凝聚而创构的艺术意境。它艺术地展现了一个时空运动着的过程,岂止是一幅金碧辉煌的水彩画,简直像彩色影片中的一组镜头,于是,随着长镜头的推移,我们的审美意识很快地转移到长短镜头的组接而摇出来的"露似真珠月似弓"上来了。

黑格尔说过:"诗不会像绘画那样局限于某一一定的空间以及某一情

节中的某一一定的时刻,这就使其有可能按照所写对象的内在深度以及时间上发展的广度把它表现出来。"(《美学》第三卷第六页)这中间有赖"可怜九月初三夜"这一直抒胸臆的诗句作为内在情感的黏合剂。正是这种特定时空意识下的独特的审美情愫,才把"半江瑟瑟半江红"和"露似真珠月似弓"这两个镜头系统创构为动态性的艺术整体了。爱森斯坦说过:"两个蒙太奇镜头的对列不是两数之和而更像两数之积。"这可以理解为任何一种艺术样式的多维交叉、双向反馈的艺术结构,它所包含的艺术意蕴都会更加醇厚、浓郁和结实,它往往给人带来一种模糊性、复合性的杂糅情感。你看吧,当残阳斜映,晚霞铺展的瑟瑟江水,变幻莫测地在诗人视野中渐渐消失后,另一幅幽美、静谧的蒙太奇镜头,又轻摇着舒展在诗人眼前了。抬头仰望,弯弯似弓的新月在浩冥碧空中高悬、浮动;低头俯视,颗颗晶莹的露珠在江边花草上凝结、闪亮。真是"在泉为珠,着璧成绘,一句一字,皆出常境"(借用殷璠《河岳英灵集》中评王维语)。诗人禁不住脱口赞美道:"多么可爱的夜呀!"这是惊叹,也是陶醉。诗人无比喜悦、轻快的心情,向往超脱、宁静的意趣,统统和盘托出却又十分含蓄,叫人玩味无穷、领悟不尽。这儿,我们可以参证闻一多对《春江花月夜》的赞语:"更夐绝的宇宙意识,一个更深沉更寥廓更宁静的境界,在神奇的永恒面前,作者只有错愕,没有憧憬,没有悲伤"。"他得到的仿佛是一个更神秘的更渊默的微笑,他更迷惘了,然而也满足了"(《宫体诗的自赎》)。可不是吗?我们今天读这样的诗,还禁不住产生神话般的遐想:那神秘的冥冥碧空中的一弯新月,莫非真是飞天中的那些小天使。小仙女所拉开了的明晃晃的弓,那颗颗露珠莫非是他们在游戏中射向蓝天、撒落人间的粒粒弹丸吧! 这真是一种妙不可言的境界。

　　《暮江吟》作为白居易对"天下清景"的审美发现,将永远保持其美妙的艺术生命力。这首诗将会一直启迪、唤醒我们要重视自己审美心理功能的

创构,人生能有几许"可怜九月初三夜"?！但是,只要你是带着艺术的眼光来审视大自然,就会感受到大自然是这样多情地抚慰你的心灵,从而感受到生活的温馨和明丽,人生的充实和满足。这也就是人性的升华和净化。

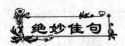

绝妙佳句

　　一道残阳铺水中,半江瑟瑟半江红。

文学常识丛书

作者简介

　　马戴(公元 775 年—?)，字虞臣，今陕西华县人，一说河北人或江苏人。屡试不第，直到武宗会昌四年才中进士。宣宗大中初年在太原幕中掌书记，因直言得罪，被贬为龙阳(今湖南汉寿)尉，后官太常博士。诗风与贾岛相近，严羽认为其律诗成就在晚唐诸人之上。

落日怅望①

孤云与归鸟，千里片时间。

念我何留滞，辞家久未还。

微阳下乔木，远烧入秋山。

临水不敢照，恐惊平昔颜。

①怅望：满怀惆怅地遥望。

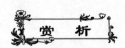

沈德潜评此诗云："意格俱好，在晚唐中可云轩鹤立鸡群矣。"（《唐诗别裁》）这里所说的"意"，是指诗的思想感情，全诗以乡愁为主题，曲折地表现了诗人的坎坷不遇，而不显得衰飒；所谓"格"，主要地是指谋篇布局方面的艺术技巧。这首诗在艺术上最突出的特色，可以说就是：情景分写。情与景，是抒情诗的主要内涵；情景交融，是许多优秀诗作的重要艺术手段。然而此诗用情景分写之法，却又是另外一番景象。

开头二句写诗人在黄昏日落之时，满怀惆怅地遥望乡关，首先跃入眼帘的是仰视所见的景物："孤云与归鸟，千里片时间。"晚云孤飞于天际，归

文学常识丛书

鸟投宿于林间,凭着它们有形和无形的羽翼,虽有千里之远也片时可达。诗以"千里"与"片时"作强烈比照,写出云、鸟的自由无碍和飞行之速;但是,这绝不是纯客观的景物描写,而是诗人"怅望"所见,而且这种景物又是触发诗人情思的契机和媒介:"念我何留滞,辞家久未还。"原来,诗人久客异地,他的乡关之思早已深深地郁积在胸中了。因此,颔联由外界景物的描绘自然地转入内心情感的直接抒发,不言惆怅而满纸生愁,不言归心似箭而实际上早已望穿秋水。

前面写情之后,颈联又变换笔墨写景,景物描写不但切合诗人眼前的情境,而且由近到远,层次分明。夕阳从近处的树梢往下沉落,它的余晖返照秋山,一片火红,像野火在远远的秋山上燃烧,渐渐地隐没在山的后面。"入"字写出夕照的逐渐黯淡,也表明了诗人伫望之久,忆念之殷。不仅如此,这种夕阳西下余晖返照之景,不但加重了诗人的乡愁,而且更深一层地触发了诗人内心深处感时伤逝的情绪。客中久滞,渐老岁华;日暮登临,益添愁思,徘徊水边,不敢临流照影,恐怕照见自己颜貌非复平昔而心惊。其实诗人何尝不知自己容颜渐老,其所以"临水不敢照"者,怕一见一生悲,又增怅闷耳。"临水不敢照,恐惊平昔颜!"尾联充溢着一种惆怅落寞的心绪,以此收束,留下了袅袅余音。

情景分写确是此诗谋篇布局上的一个特点。这种写法,对于这首诗来说,究竟起什么特殊艺术效果呢?细细玩味,是颇见匠心的。全篇是写"落日怅望"之情,两句景两句情相间写来,诗情就被分成两步递进:先是落日前云去鸟飞的景象勾起乡"念",继而是夕阳下山回光返照的情景唤起迟暮之"惊",显示出情绪的发展、深化。若不管格律,诗句稍颠倒次序可作:"孤云与归鸟,千里片时间。微阳下乔木,远烧入秋山。念我何留滞,辞家久未还。临水不敢照,恐惊平昔颜。"如此前半景后半情,也是通常写法,但显得稍平,没有上述那种层层递进、曲达其意的好处。而"宿鸟归飞急"引起归心似箭，紧接"辞家久未还"云云，既很自然，而又有速（千里片时）与迟（久留滞）对比，所以是"起得超脱，接得浑劲"（见《瀛奎律髓》纪批）。如改成前半景后半情格局（如上述），则又失去这层好处。

李重华《贞一斋诗说》指出："诗有情有景，且以律诗浅言之，四句两联，必须情景互换，方不复沓。"他所说的"情景互换"，就是"情景分写"。当然，这种分写绝不是分割，而是彼此独立而又互相映衬，共同构成诗的永不凋敝的美。马戴这一首望乡之曲就是这样，它的乐音越过一千多年的历史长河遥遥传来，至今仍然能挑响我们心中的弦索。

微阳下乔木，远烧入秋山。

作者简介

皎然(生卒不详),诗僧。字清昼,本姓谢,为南朝宋谢灵运十世孙。湖州(今浙江吴兴)人。有《皎然集》。

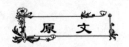

寻陆鸿渐①不遇

移家虽带郭②,野径入桑麻。

近种篱边菊,秋来未著花。

扣门③无犬吠,欲去问西家。

报道山中去,归来每日斜。

①陆鸿渐:即茶圣陆羽。曾授太子文学,不就,后隐居苕溪。有《茶经》传世。

②带:近。郭:泛指城墙。

③扣门:叩门。

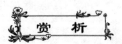

陆鸿渐,名羽,终生不仕,隐居在苕溪(今浙江吴兴),以擅长品茶著名,著有《茶经》一书,被后人奉为"茶圣""茶神"。他和皎然是好友。这首诗当是陆羽迁居后,皎然过访不遇所作。

陆羽的新居离城不远,但已很幽静,沿着野外小径,直走到桑麻丛中才能见到。开始两句,颇有陶渊明"结庐在在人境,而无车马喧"的隐士风韵。

陆羽住宅外的菊花，大概是迁来以后才种上的，虽到了秋天，还未曾开花。这二句，自然平淡，点出诗人造访的时间是在清爽的秋天。然后，诗人又去敲他的门，不但无人应答，连狗吠的声音都没有。此时的诗人也许有些茫然，立刻就回转去，似有些眷恋不舍，还是问一问西边的邻居吧。邻人回答：陆羽往山中去了，经常要到太阳西下的时候才回来。这二句和贾岛的《寻隐者不遇》的后二句"只在此山中，云深不知处"恰为同趣。"每日斜"的"每"字，活脱地勾画出西邻说话时，对陆羽整天流连山水而迷惑不解和怪异的神态，这就从侧面烘托出陆羽不以尘事为念的高人逸士的襟怀和风度。

这首诗前半写陆羽隐居之地的景；后半写不遇的情况，似都不在陆羽身上着笔，而最终还是为了咏人。偏僻的住处，篱边未开的菊花，无犬吠的门户，西邻对陆羽行踪的叙述，都刻画出陆羽生性疏放不俗。全诗四十字，清空如话，别有隽味。近人俞陛云说："此诗之潇洒出尘，有在章句外者，非务为高调也。"（《诗境浅说》）

109

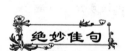

报道山中去，归来每日斜。

作者简介

元稹(公元 779—公元 831 年),唐代文学家。字微之,别字威明。河南(属今河南洛阳)人。贞元九年(公元 793 年)明经及第,官至同中书下平章事,后借重宦官排挤名相裴度。以暴疾卒于武昌军节度使任所。元稹的创作,以诗成就最大。与白居易齐名,并称"元白",同为新乐府运动倡导者。在诗歌形式上,元稹是"次韵相酬"的创始者,均依次重用白诗原韵,韵同而意殊。在散文和传奇方面也有一定成就。他首创以古文制诰,格高词美,为人效仿。作有传奇《莺莺传》,又名《会真记》,为后来《西厢记》故事所由。有《元氏长庆集》,收录诗赋、诏册、铭谏、论议等共 100 卷。

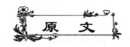

原 文

岳阳楼①

岳阳楼上日衔窗，影到深潭赤玉幢。

怅望残春万般意，满楔湖水入西江。

注 释

①岳阳楼原为岳阳西门城楼，高三层，相传三国吴鲁肃于此建阅兵楼，唐天宝以后其名渐著，李白、杜甫、韩愈、白居易等均有咏岳阳楼诗。

111

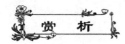

赏 析

登楼鸟瞰洞庭湖，碧波连天，遥望君山，气象万千。此楼历有兴废，宋滕子京重修重，以范仲淹曾作《岳阳楼记》而名闻遐迩。现此楼更修饰一新，附近已辟为公园，系湖南省东北部长江南岸一著名游览胜地。

但是从此诗的立意及《元稹集》中有关篇目的题序看，当年作者的洞庭之行颇有失意之慨，他是作为潭守的从事侍宴陪游而来的。《元稹集》中山水诗为数很少，这一首则别具一格。

说它别具一格有两层意思，一层是说这位被宫人呼为"元才子"的作者在文学方面的擅长主要表现在艳情和悼亡诗方面，别的方面则往往其词伤于太烦，其意伤于太尽，遂成冗长卑陋之格，"元轻白俗"几成定论，而这首《岳阳楼》尚无此通病；另一层是说在咏岳阳楼的诸多名家名篇中，此诗视角独特,别有意蕴。

所谓视角独特,即不像其他诗文那样着意描绘岳阳楼的雄伟壮阔,而是写楼的倒影:当太阳照射到楼窗上时,楼影落到湖中的赤玉幢上。玉幢犹玉楼,指神仙居处,也就是说岳阳楼的倒影映印在洞庭龙君的龙宫之上。看来此诗的第二句似包含了《柳毅传》的故事,其作者李朝威恰与元稹同时,说不定这是最早涉及龙女故事的一首诗,其新颖独到之处,不言而喻。在写作上此诗与作者的《行宫》诗相类似,虽然只有四句,读者不觉其短,足见手法之妙。

说它别有意蕴,是指作者的醉翁之意不在登楼观景,而在于借以表达他在残春时节的怅然情怀。"万般意",犹言各种况味,其中既有惜春之叹,亦有人生失意之嗟。末句"满棂湖水入西江",字面上是景语,谓倒映在洞庭湖中的岳阳楼的雕花窗棂,随着湖水将流入长江,而其间仿佛是在表达作者这样一种内心独白——满腹忧愁啊,何日能像湖水那样西入长江!富有戏剧性的是,此后不久,作者奉诏西归长安时,颇有"春风得意"之概。

岳阳楼上日衔窗,影到深潭赤玉幢。

作者简介

许浑(约公元 788—约公元 860 年),字用晦,一作仲晦,郡望安陆(今属湖北),籍贯洛阳(今属河南)。寓居润州丹阳(今属江苏)丁卯涧,并自名其集为《丁卯集》,故人称"许丁卯"。

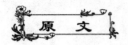

谢亭①送别

劳歌②一曲解行舟,红叶青山水急流。

日暮酒醒人已远,满天风雨下西楼③。

①谢亭:又名谢公亭,在宣城(今安徽宣城县),南齐诗人谢朓任宣城太守时所建。因他曾经在这里送别朋友范云,遂成为宣城著名的送别之地。

②劳歌:送别之歌。

③西楼:指送别的谢公亭。

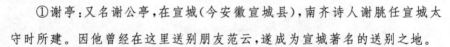

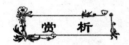

这是许浑在宣城送别友人后写的一首诗。

第一句写友人乘舟离去。古代有唱歌送行的习俗。"劳歌",本指在劳劳亭(旧址在今南京市南面,也是一个著名的送别之地)送客时唱的歌,后来遂成为送别歌的代称。劳歌一曲,缆解舟行,从送别者眼中写出一种匆遽而无奈的情景气氛。

第二句写友人乘舟出发后所见江上景色。时值深秋,两岸青山,霜林尽染,满目红叶丹枫,映衬着一江碧绿的秋水,显得色彩格外鲜艳。这明丽之景乍看似与别离之情不大协调,实际上前者恰恰是对后者的有力反衬。

景色越美,越显出欢聚的可恋、别离的难堪,大好秋光反倒成为添愁增恨的因素了。江淹《别赋》说:"春草碧色,春水绿波,送君南浦,伤如之何!"借美好的春色反衬别离之悲,与此同一机杼。这也正是王夫之所揭示的"以乐景写哀,以哀景写乐,一倍增其哀乐"(《姜斋诗话》)的艺术辩证法。

这一句并没有直接写到友人的行舟。但通过"水急流"的刻画,舟行的迅疾自可想见,诗人目送行舟穿行于夹岸青山红叶的江面上的情景也宛然在目。"急"字暗透出送行者"流水何太急"的心理状态,也使整个诗句所表现的意境带有一点逼仄忧伤、骚屑不宁的意味。这和诗人当时那种并不和谐安闲的心境是相一致的。

诗的前后联之间有一个较长的时间间隔。朋友乘舟走远后,诗人并没有离开送别的谢亭,而是在原地小憩了一会。别前喝了点酒,微有醉意,朋友走后,心绪不佳,竟不胜酒力睡着了。一觉醒来,已是薄暮时分。天色变了,下起了雨,四望一片迷蒙。眼前的江面,两岸的青山红叶都已经笼罩在蒙蒙雨雾和沉沉暮色之中。朋友的船呢?此刻更不知道随着急流驶到云山雾嶂之外的什么地方去了。暮色的苍茫黯淡,风雨的迷蒙凄清,酒醒后的朦胧仿佛中追忆别时情景所感到的怅惘空虚,使诗人此刻的情怀特别凄黯孤寂,感到无法承受这种环境气氛的包围,于是默默无言地独自从风雨笼罩的西楼上走了下来。(西楼即指送别的谢亭,古代诗词中"南浦""西楼"都常指送别之处)

第三句极写别后酒醒的怅惘空寂,第四句却并不接着直抒离愁,而是宕开写景。但由于这景物所特具的凄黯迷茫色彩与诗人当时的心境正相契合,因此读者完全可以从中感受到诗人的萧瑟凄清情怀。这样借景寓情,以景结情,比起直抒别情的难堪来,不但更富含蕴,更有感染力,而且使结尾别具一种不言而神伤的情韵。

这首诗前后两联分别由两个不同时间和色调的场景组成。前联以青山红叶的明丽景色反衬别绪，后联以风雨凄凄的黯淡景色正衬离情，笔法富于变化。而一三两句分别点出舟发与人远，二四两句纯用景物烘托渲染，则又异中有同，使全篇在变化中显出统一。

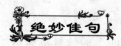

绝妙佳句

日暮酒醒人已远，满天风雨下西楼。

作者简介

　　李贺（公元790—公元816年），字长吉，昌谷（今河南宜阳）人，以乐府诗著称。他的诗想象丰富，构思奇特，具有极度浪漫主义风格。诗中反映出对宦官专权、藩镇割据的强烈不满，对劳苦人民的疾苦亦寄予关切。但也有一些作品流露出人生无常的阴郁情绪。他以27岁英年离世，常与王勃等为后人引作"天妒英才"之力例。长吉诗结有《昌谷集》。

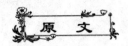

雁门太守行①

黑云压城城欲摧,甲光向日金鳞开。

角声满天秋色里,塞上燕脂凝夜紫。

半卷红旗临易水,霜重鼓寒声不起。

报君黄金台上意,提携玉龙为君死。

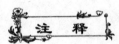

①"雁门太守行"系乐府旧题。

李贺生活的时代藩镇叛乱此伏彼起,发生过重大的战争。如史载,元和四年(公元809年),王承宗的叛军攻打易州和定州,爱国将领李光颜曾率兵驰救。元和九年,他身先士卒,突出、冲击吴元济叛军的包围,杀得敌人人仰马翻,狼狈逃窜。

从有关《雁门太守行》这首诗的一些传说和材料记载推测,可能是写平定藩镇叛乱的战争。

诗共八句,前四句写日落前的情景。首句既是写景,也是写事,成功地渲染了敌军兵临城下的紧张气氛和危急形势。"黑云压城城欲摧",一个

"压"字,把敌军人马众多,来势凶猛,以及交战双方力量悬殊、守军将士处境艰难等等,淋漓尽致地揭示出来。次句写城内的守军,以与城外的敌军相对比,忽然,风云变幻,一缕日光从云缝里透射下来,映照在守城将士的甲衣上,只见金光闪闪,耀人眼目。此刻他们正披坚执锐,严阵以待。这里借日光来显示守军的阵营和士气,情景相生,奇妙无比。据说王安石曾批评这句说:"方黑云压城,岂有向日之甲光?"杨慎声称自己确乎见到此类景象,指责王安石说:"宋老头巾不知诗。"(《升庵诗话》)其实艺术的真实和生活的真实不能等同起来,敌军围城,未必有黑云出现;守军列阵,也未必就有日光前来映照助威,诗中的黑云和日光,是诗人用来造境造意的手段。三四句分别从听觉和视觉两方面铺写阴寒惨切的战地气氛。时值深秋,万木摇落,在一片死寂之中,那角声呜呜咽咽地鸣响起来。显然,一场惊心动魄的战斗正在进行。"角声满地",勾画出战争的规模。敌军依仗人多势众,鼓噪而前,步步紧逼。守军并不因势孤力弱而怯阵,在号角声的鼓舞下,他们士气高昂,奋力反击。战斗从白昼持续到黄昏。诗人没有直接描写车毂交错、短兵相接的激烈场面,只对双方收兵后战场上的景象作了粗略的然而极富表现力的点染:鏖战从白天进行到夜晚,晚霞映照着战场,那大块大块的胭脂般鲜红的血迹,透过夜雾凝结在大地上呈现出一片紫色。这种黯然凝重的氛围,衬托出战地的悲壮场面,暗示攻守双方都有大量伤亡,守城将士依然处于不利的地位,为下面写友军的援救做了必要的铺垫。

后四句写驰援部队的活动。"半卷红旗临易水","半卷"二字含义极为丰富。黑夜行军,偃旗息鼓,为的是"出其不意,攻其不备";"临易水"既表明交战的地点,又暗示将士们具有"风萧萧兮易水寒,壮士一去兮不复还"那样一种壮怀激烈的豪情。接着描写苦战的场面:驰援部队一迫近敌军的营垒,便击鼓助威,投入战斗。无奈夜寒霜重,连战鼓也擂不响。面对重重困难,将士们毫不气馁。"报君黄金台上意,提携玉龙为君死。"黄金台是战

119

国时燕昭王在易水东南修筑的，传说他曾把大量黄金放在台上，表示不惜以重金招揽天下士。诗人引用这个故事，写出将士们报效朝廷的决心。

一般说来，写悲壮惨烈的战斗场面不宜使用表现秾艳色彩的词语，而李贺这首诗几乎句句都有鲜明的色彩，其中如金色、胭脂色和紫红色，非但鲜明，而且浓艳，它们和黑色、秋色、玉白色等等交织在一起，构成色彩斑斓的画面。诗人就像一个高明的画家，特别善于着色，以色示物，以色感人，不只勾勒轮廓而已。他写诗，绝少运用白描手法，总是借助想象给事物涂上各种各样新奇浓重的色彩，有效地显示了它们的多层次性。有时为了使画面变得更加鲜明，他还把一些性质不同甚至互相矛盾的事物糅合在一起，让它们并行错出，形成强烈的对比。例如用压城的黑云暗喻敌军气焰嚣张，借向日之甲光显示守城将士雄姿英发，两相比照，色彩鲜明，爱憎分明。李贺的诗篇不只奇诡，亦且妥帖。奇诡而又妥帖，是他诗歌创作的基本特色。这首诗，用秾艳斑驳的色彩描绘悲壮惨烈的战斗场面，可算是奇诡的了；而这种色彩斑斓的奇异画面却准确地表现了特定时间、特定地点的边塞风光和瞬息变幻的战争风云，又显得很妥帖。唯其奇诡，愈觉新颖；唯其妥帖，则倍感真切；奇诡而又妥帖，从而构成浑融蕴藉富有情思的意境。这是李贺创作诗歌的绝招，他的可贵之处，也是他的难学之处。

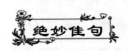

绝妙佳句

黑云压城城欲摧，甲光向日金鳞开。

作者简介

　　杜牧(公元 803—公元 852 年),字牧之,唐京兆万年(现在陕西省西安市)人。晚年居长安城南樊川别墅,后世因称之"杜紫微""杜樊川"。

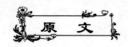

题扬州禅智寺

雨过一蝉噪,飘萧松桂秋。

青苔满阶砌,白鸟故迟留。

暮霭^①生深树,斜阳下小楼。

谁知竹西路,歌吹是扬州。

①霭:雾气。

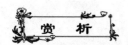

唐文宗开成二年(公元 837 年),杜牧的弟弟杜𫖮患眼病寄居扬州禅智寺。当时,杜牧任监察御史,分司东都洛阳,得知消息,即携眼医石生赴扬州探视。唐制规定:"职事官假满百日,即合停解。"杜牧因假逾百日而离职。此诗着意写禅智寺的静寂,和诗人忧弟病、伤前程的黯然心境不无关系。

"雨过一蝉噪,飘萧松桂秋。"从"蝉"和"秋"这两个字来看,其时当为初秋,那时蝉噪本已嘶哑,"一蝉噪",就更使人觉得音色的凄咽;在风中摇曳的松枝、桂树也露出了萧瑟秋意。诗人在表现这一耳闻目睹的景象时,用意遣词都十分精细。"蝉噪"反衬出禅智寺的静,静中见闹,闹中见静。秋雨秋风则烘托出禅智寺的冷寂。

接着，诗人又从视觉角度写静。"青苔满阶砌，白鸟故迟留。"台阶长满青苔，则行人罕至；寺内白鸟徘徊，不愿离去，则又暗示寺的空寂人稀。青苔、白鸟，似乎是所见之物，信手拈来，却使人倍觉孤单冷落。

"暮霭生深树，斜阳下小楼。"从明暗的变化写静。禅智寺树林茂密，阳光不透，夕阳西下，暮霭顿生。于浓荫暮霭的幽暗中见静。"斜阳下小楼"，从暗中见明来反补一笔，颇得锦上添花之致。透过暮霭深树，看到一抹斜阳的余晖，使人觉得禅智寺冷而不寒，幽而不暗。然而，这毕竟是"斜阳"，而且是已"下小楼"的斜阳。这种反衬带来的效果却是意外的幽，格外的暗，分外的静。

至此，诗人通过不同的角度展示出禅智寺的幽静，似乎文章已经做完。然而，忽又别开生面，把热闹的扬州拉出来作陪衬："谁知竹西路，歌吹是扬州。"禅智寺在扬州的东北，静坐寺中，秋风传来远处扬州的歌吹之声，诗人感慨系之：身处如此歌舞喧闹、市井繁华的扬州，却只能在静寂的禅智寺中凄凉度日，"冠盖满京华，斯人独憔悴"的伤感油然而生，不可遏止，写景中暗含着诗人多少身世感受、凄凉情怀。

这首诗写扬州禅智寺的静，开头用静中一动衬托，结尾用动中一静突出，一开篇，一煞尾，珠联璧合，相映成趣，艺术构思是十分巧妙的。

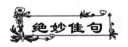

暮霭生深树，斜阳下小楼。

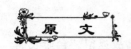
题齐安①城楼

鸣轧②江楼角一声,微阳潋潋③落寒汀。

不用凭栏苦回首,故乡七十五长亭。

①齐安:唐时黄州的郡名。

②鸣轧:呜咽。

③潋潋(liàn):形容水波流动。

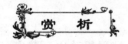

唐时每州都有一个郡名(因高祖武德元年改隋郡为州,玄宗天宝元年又改州为郡,肃宗时复改为州,所以有这种情况),"齐安"则是黄州的郡名。诗当作于武宗会昌初作者出守黄州期间。

这首宦游思乡之作,赞许者几乎异口同声地称引其末句。明人杨慎说:"大抵牧之诗,好用数目垛积,如'南朝四百八十寺'、'二十四桥明月夜'、'故乡七十五长亭'是也。"(《升庵诗话》)清王渔洋更说:"唐诗如'故乡七十五长亭''红阑四百九十桥',皆妙,虽'算博士'何妨! ……高手驱使自不觉也。"(《带经堂诗话》)说它数字运用颇妙,确不乏见地;兹再予伸论如下。

此诗首句"呜轧(一作呜咽)江楼角一声","一声"两字很可玩味。本是暮角声声,断而复连,只写"一声"也就是第一声,显然是强调它对诗中人影响甚著。他一直高踞城楼,俯临大江,凭栏回首,远眺通向乡关之路。正出神之际,忽然一声角鸣,使他不由蓦然惊醒,这才发现天色已晚,夕阳已沉没水天之际。这就写出一种"苦回首"的情态。象声词"呜轧",用在句首,正造成似晴空一声雷的感觉。

由于写"一声"就产生一个特殊的情节,与"吹角当城片月孤"一类写景抒情诗句同中有异。呜咽的角声又造成一种凄凉气氛,那"激激"的江水、黯淡无光的夕阳、水中的汀州,也都带有几分寒意。"微""寒"等字均著感情色彩,写出瞭望乡人的主观感受。

暮色苍茫,最易牵惹乡思离情。诗人的故家在长安杜陵,长安在黄州西北。"回首夕阳红尽处,应是长安。"(宋张舜民《卖花声》)"微阳激激落寒汀",正是西望景色。而三句却作转语说:"不用凭栏苦回首",似是自我劝解,因为"故乡七十五长亭",即使回首又岂能望尽这迢递关山?这是否定的语势,实际上形成唱叹,起着强化诗情的作用。

按唐时计量,黄州距长安二千二百五十五里(《通典》卷一八三),驿站恰合"七十五"之数(古时三十里一驿,每驿有亭)。但这里的数字垛积还别有妙处,它以较大数目写出"何处是归程,长亭更短亭"的家山遥远的情景,修辞别致;而只见归程,不见归人,意味深长。从音节(顿)方面看,由于运用数字,使末句形成"二三二"的特殊节奏(通常应为"二二三"),声音的拗折传达出凭栏者情绪的不平静,又是一层妙用。

唐代有的诗人也喜堆垛数字,如骆宾王,却不免被讥为"算博士"。考其原因,乃因其数字的运用多是为了属对方便,过露痕迹,用

诗
中
日

得又太多太滥，也就容易惹人生厌。而此诗数字之设，则出于表达情感的需要，是艺术上的别出心裁，所以驱使而令人不觉，真可夸口"虽'算博士'何妨"！

绝妙佳句

呜轧江楼角一声，微阳潋潋落寒汀。

作者简介

　　李商隐(约公元813—约公元858年),唐代诗人。字义山,号玉谿生,又号樊南子。原籍怀州河内(今河南沁阳),祖辈迁荥阳(今属河南)。初学古文。受牛党令狐楚赏识,入其幕府,并从学骈文。开成二年(公元837年),以令狐之力中进士。次年入属李党的泾原节度使王茂元幕府,王爱其才,以女妻之。因此受牛党排挤,辗转于各藩镇幕府,终身不得志。李商隐诗现存约600首。

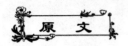

谒　山

从来系日乏长绳①，水去云回恨不胜。

欲就麻姑买沧海②，一杯春露冷如冰。

①傅玄《九曲歌》说："岁暮景迈群光绝，安得长绳系白日？"长绳系日，是古代人们企图留驻时光的一种天真幻想。

②麻姑是古代神话传说中的女仙，她自称曾在短时间内三见沧海变为桑田。这里即因此而认定沧海归属于麻姑，并想到要向麻姑买下整个沧海。

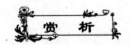

时间的流逝，使古往今来多少志士才人慷慨悲歌。李商隐这首诗，所吟咏慨叹的尽管还是这样一个带有永恒性的宇宙现象，却极富浪漫主义的奇思异想，令人耳目一新。

一开头就把问题直截了当地提到人们面前。但这样的"长绳"又到哪里去找呢？傅诗说"安得"，已经透露出这种企望之难以实现；李诗更进一步，说"从来系日乏长绳"，干脆将长绳系日的设想彻底否定了。

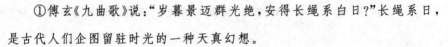

正因为时间的流逝无法阻止，望见逝川东去、白云归山的景象，不免令人感慨，中心怅恨，无时或已。由系日无绳之慨，到水去云回之恨，感情沉降到最低点，似乎已经山穷水尽，诗人却由"恨"忽生奇想，转出一片柳暗花明的新境。

"欲就麻姑买沧海。"乍读似觉这奇想有些突如其来，实则它即缘"系日乏长绳"和"水去云回"而生。在诗人想象中，"逝者如斯"的时间之流，最后都流注汇集于大海，因而这横无际涯的沧海便是时间的总汇；买下了沧海，也就控制占有了全部时间，不致再有水去云回之恨了。这想象，天真到接近童话的程度，却又大胆得令人惊奇；曲折到埋没意绪的程度，却自有其幻想的逻辑。

末句更是奇中出奇，曲之又曲。沧海究竟能不能"买"？诗人不作正面回答，而是幻觉似的在读者面前推出一个意味深长的形象——一杯春露冷如冰。刚刚还展现在面前的浩渺无际的沧海仿佛突然消失了，只剩下了一杯冰冷的春露。神话中的麻姑曾经发现，蓬莱仙山一带的海水比不久前又浅了一半，大概沧海又一次要变成陆地了。诗人抓住这一点加以发挥，将沧海变桑田的过程缩短为一瞬间，让人意识到这眼前的一杯春露，不过是浩渺的沧海倏忽变化的遗迹，顷刻之间，连这一杯春露也将消失不存了。这是对宇宙事物变化迅疾的极度夸张，也是对时间流逝之快的极度夸张。一个"冷"字，揭示出时间的无情、自然规律的冰冷无情和诗人无可奈何的失望情绪。诗中那种"欲就麻姑买沧海"的奇异而大胆的幻想，"一杯春露冷如冰"的奇幻而瑰丽的想象，却充分体现出诗人的艺术想象力和创造力。这种奇幻的想象和构思，颇似李贺，可以看出李贺对李商隐的影响。有人曾指出诗中买沧海的设想和李贺《苦昼短》中"天东有若木，下置衔烛龙。吾将斩龙足，嚼龙肉，使之朝不得回，夜不得伏。自然老者不死，少者不哭"的意思差不多，而"一杯春露冷如冰"的诗句则是点化李贺《梦天》"一泓海水杯中泻"的句子,这是非常精辟的比较分析。

　　题称"谒山",即拜谒名山之意。从诗中所抒写的内容看,当是登高山望见水去云回日落的景象有感而作。将一个古老的题材写得这样新奇浪漫,富于诗情,也许正可以借用和诗人同时的李德裕说的一句话来评价:"譬诸日月,虽终古常见,而光景常新,此所以为灵物也。"

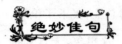

　　从来系日乏长绳,水去云回恨不胜。

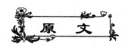
乐游原①

向晚意不适②，驱车登古原；
夕阳无限好，只是近黄昏。

诗中日

注　释

①乐游原：在长安城南。汉宣帝立乐游庙，又名乐游苑、乐游原。登上
它可望长安城。

②不适：不悦，不快。

131

赏　析

　　赏玉谿诗人，另有一首七言绝句，写道是："万树鸣蝉隔断虹，乐游原上
有西风，羲和自趁虞泉（渊）宿，不放斜阳更向东！"那也是登上古原，触景萦
怀，抒写情志之作。看来，乐游原是他素所深喜、不时来赏之地。这一天的
傍晚，不知由于何故，玉谿意绪不佳，难以排遣，他就又决意游观消散，命驾
驱车，前往乐游原而去。

　　乐游原之名，我们并不陌生，原因之一是有一篇千古绝唱《忆秦娥》深
深印在我们的"诗的摄相"宝库中，那就是："……乐游原上清秋节，咸阳古
道音尘绝。音尘绝，西风残照，汉家陵阙。"玉谿恰恰也说是"乐游原上有西
风"。何其若笙磬之同音也！那乐游原，创建于汉宣帝时，本是一处庙苑，

应称"乐游苑"才是,只因地势轩敞,人们遂以"原"呼之了。此苑地处长安的东南方,一登古原,全城在览。

自古诗人词客,善感多思,而每当登高望远,送目临风,更易引动无穷的思绪:家国之悲,身世之感,古今之情,人天之思,往往错综交织,所怅万千,殆难名状。陈子昂一经登上幽州古台,便发出了"念天地之悠悠"的感叹,恐怕是最有代表性的例子了。如若罗列,那真是如同陆士衡所说"若中原之有菽"了吧。至于玉谿,又何莫不然。可是,这次他驱车登古原,却不是为了去寻求感慨,而是为了排遣他此际的"向晚意不适"的情怀。知此前提,则可知"夕阳"两句乃是他出游而得到的满足,至少是一种慰藉——这就和历来的纵目感怀之作是有所不同的了。所以他接着说的是:你看,这无边无际、灿烂辉煌、把大地照耀得如同黄金世界的斜阳,才是真正伟大的美,而这种美,是将近黄昏这一时刻尤为令人惊叹和陶醉!

我想不出哪一首诗也有此境界。或者,东坡的"闲庭曲槛皆拘窘,一看郊原浩荡春!"庶乎有神似之处吧?

可惜,玉谿此诗却久被前人误解,他们把"只是"解成了后世的"只不过""但是"之义,以为玉谿是感伤哀叹,好景无多,是一种"没落消极的心境的反映",云云。殊不知,古代"只是",原无此义,它本来写作"祗是",意即"止是""仅是",因而乃有"就是""正是"之意了。别家之例,且置不举,单是玉谿自己,就有好例,他在《锦瑟》篇中写道:"此情可待(义即何待)成追忆,只是当时已惘然!"其意正谓:就是(正是)在那当时之下,已然是怅惘难名了。有将这个"只是当时"解为"即使是在当时"的,此乃成为假设语词了,而"只是"是从无此义的,恐难相混。

细味"万树鸣蝉隔断虹",既有断虹见于碧树鸣蝉之外,则当是雨霁新晴的景色。玉谿固曾有言曰:"天意怜幽草,人间重晚晴。"大约此二语乃玉谿一生心境之写照,故屡于登高怀远之际,情见乎词。那另一次在乐游原

文学常识丛书

上感而赋诗,指羲和日御而表达了感逝波,惜景光,绿鬓不居,朱颜难再之情——这正是诗人的一腔热爱生活、执著人间、坚持理想而心光不灭的一种深情苦志。若将这种情怀意绪,只简单地理解为是他一味嗟老伤穷、残光末路的作品,未知其果能获玉谿之诗心句意乎。

夕阳无限好,只是近黄昏。

133

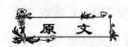

北青萝

残阳西入崦①，茅屋访孤僧。

落叶人何在，寒云路几层。

独敲初夜②磬，闲倚一枝藤。

世界微尘里，吾宁③爱与憎。

注 释

①崦：日没之处。

②初夜：初更。

③宁：何必。

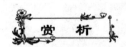赏 析

诗人在暮色中去寻访一位山中孤僧，他描写了萧疏的秋景和孤僧清幽恬静的生活情调，以及他自己由此悟到了禅理，感到大千世界都是微尘，可谓万念皆空，无须爱憎。全诗写景形象细致，清新感人，意味深远。

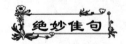绝妙佳句

残阳西入崦，茅屋访孤僧。

作者简介

张乔，生卒年不详，今安徽贵池人，懿宗咸通中年进士，当时与许棠、郑谷、张宾等东南才子称"咸通十哲"。

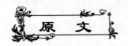
河湟①旧卒

少年随将讨河湟，头白时清返故乡。

十万汉军零落尽，独吹边曲向残阳。

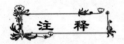

①河湟：湟水源出青海，东流入甘肃与黄河汇合。湟水流域及与黄河合流的一带地方称"河湟"。诗中"河湟"指吐蕃统治者从唐肃宗以来所进占的河西陇右之地。

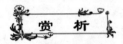
宣宗大中三年（公元 849 年），吐蕃以秦、原、安乐三州及石门等七关归唐；五年，张义潮略定瓜、伊等十州，遣使入献图籍，于是河湟之地尽复。近百年间的战争给人民造成巨大痛苦。此诗所写的"河湟旧卒"，就是当时久戍幸存的一个老兵。诗通过这个人的遭遇，反映出了那个动乱时代的影子。

此诗叙事简淡，笔调亦闲雅平和，意味很不易一时穷尽。首句言"随将讨河湟"似乎还带点豪气；次句说"时清返故乡"似乎颇为庆幸；在三句所谓"十万汉军零落尽"的背景下尤见生还之难能，似乎更可庆幸。末了集中为人物造象，那老兵在黄昏时分吹笛，似乎还很悠闲自得呢。

以上说的都是"似乎"如此，当读者细玩诗意却会发现全不如此。通篇诗字里行间、尤其是"独吹边曲向残阳"的图景中,流露出一种深沉的哀伤。"残阳"二字所暗示的日薄西山的景象,会引起一位"头白"老人什么样的感触?那几乎是气息奄奄、朝不虑夕的一个象征。一个"独"字又交代了这个老人目前处境,暗示出他从军后家园所发生的重大变故,使得他垂老无家。这个字几乎抵得上古诗《十五从军征》的全部内容:少小从军,及老始归,而园庐蒿藜,身陷穷独之境。从"少年"到"头白",多少年的殷切盼望,俱成泡影。

　　而此人毕竟是生还了,而更多的边兵有着更其悲惨的命运,他们暴骨沙场,是永远回不到家园了。"十万汉军零落尽",就从侧面落笔,反映了唐代人民为战争付出的惨重代价,这层意思却是《十五从军征》所没有的,它使此绝句所表达的内容更见深广。这层意思通过幸存者的伤悼来表现,更加耐人玩味。而这伤悼没明说出,是通过"独吹边曲"四字见出的。边庭的乐曲,足以勾起征戍者的别恨、乡思,他多年来该是早已听腻了。既已生还故乡,似不当更吹。却偏要吹,可见旧恨未消。这大约是回家后失望无聊情绪的自然流露吧!他西向边庭("向残阳")而吹之,又当饱含对于弃骨边地的故人、战友的深切怀念,这又是日暮之新愁了。"十万汉军零落尽",而幸存者又陷入不幸之境,则"时清"二字也值得玩味了,那是应加上引号的。

　　可见此诗句意深婉,题旨与《十五从军征》相近而手法相远。古诗铺述丰富详尽,其用意与好处都易看出;而"作绝句必须涵括一切,笼罩万有,着墨不多,而蓄意无尽,然后可谓之能手,比古诗当然为难"(陶明濬《诗说杂记》),此诗即以含蓄手法抒情,从淡语中见深旨,故能短语长事,愈读愈有味。

绝妙佳句

　　十万汉军零落尽,独吹边曲向残阳。

作者简介

刘叉，唐元和时人。少任侠，因酒杀人，亡命，会赦出，更折节读书，能为歌诗。闻韩愈接天下士，步归之，作《冰柱》《雪车》二诗。后以争语不能下宾客，因持愈金数斤去，曰："此谀墓中人得耳，不若与刘君为寿。"遂行，归齐鲁，不知所终。其诗诗风峻怪，才气纵横，辞多悲慨不平之声，如刀剑相击，铿锵作响。代表作有《偶书》《代牛言》《冰柱》《雪车》《勿执古寄韩潮州》《姚秀才爱予小剑因赠》《塞上逢卢仝》等。《冰柱》中所显示的才气几与李白的名作《蜀道难》不相伯仲，令人击节称赏、叹为观止。刘叉之杰出才华，所谓"高人多怪异"，刘叉客于韩愈，自持其金数斤且留讽语，扬长而去，亦难怪也。诗一卷（全唐诗中卷第三百九十五）。

文学常识丛书

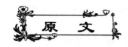

偶　书

日出扶桑①一丈高，人间万事细如毛。

野夫怒见不平处，磨损胸中万古刀。

注　释

①扶桑：传说日出于扶桑之下，拂其树杪而升。因谓为日出的地方，亦代指太阳。

139

赏　析

这是一首诗风粗犷，立意奇警的抒怀诗。奇就奇在最后一句："磨损胸中万古刀。"

这是一把什么样的刀，又为什么受到磨损呢？

诗中说，每天太阳从东方升起，人世间纷繁复杂的事情便一一发生。韩愈亦有"事随日生"之句，意同。当时正是唐代宦官专权，藩镇割据，外族侵扰的混乱时期。作者经常看到许多不合理的事情：善良的人受到欺压，贫穷的人受到勒索，正直的人受到排斥，多才的人受到冷遇。每当这种时候，作者便愤懑不平，怒火中烧，而结果却不得不"磨损胸中万古刀"。

作者是个富有正义感的诗人。《唐才子传》说他在少年时期"尚义行侠,旁观切齿,因被酒杀人亡命,会赦乃出,更改志从学"。这位少时因爱打抱不平而闹过人命案的人物,虽改志从学,却未应举参加进士考试,继续过着浪迹江湖的生活。他自幼形成的"尚义行侠"的秉性,也没有因"从学"而有所改变,而依然保持着傲岸刚直的性格。只是鉴于当年杀人亡命的教训,手中那把尚义行侠的有形刀早已弃而不用,而自古以来迭代相传的正义感、是非感,却仍然珍藏在作者胸怀深处,犹如一把万古留传的宝刀,刀光熠烁,气冲斗牛。然而因为社会的压抑,路见不平却不能拔刀相助,满腔正义怒火郁结在心,匡世济民的热忱只能埋藏心底而无法倾泻。这是何等苦痛的事情!他胸中那把无形的刀,那把除奸佞、斩邪恶的正义宝刀,只能任其销蚀,听其磨损,他的情绪又是多么激愤!作者正是以高昂响亮的调子,慷慨悲歌,唱出了自己的心声。

这首诗用"磨损的刀"这一最普通、最常见的事物,比喻胸中受到压抑的正义感,把自己心中的复杂情绪和侠义、刚烈的个性鲜明地表现出来,艺术手法可谓高妙。在唐代诗人的作品中,还没有看到用"刀"来比喻人的思想感情的。这种新奇的构思和警辟的比喻,显示了刘叉诗的独特风格。

绝妙佳句

　　日出扶桑一丈高,人间万事细如毛。

作者简介

  严维,字正文,越州(今浙江绍兴)人。早年隐居桐庐。至德二年(公元757年)年以词藻宏丽进士及第。因家贫亲老,不能远离,授诸暨尉,年已四十馀。后历秘书郎,辟河南节度使幕府,迁余姚令,终于右补阙。以上是《唐才子传》作者辛文房从严维诗集中钩稽出来的小传。但姚合《极玄集》却说"严维,字正文,山阴人,至德二载进士,历诸暨及河南尉,终校书郎"。查诗集中有一诗,题曰:《余姚祗没奉简鲍参军》,大约这就是辛文房以为他曾为余姚县令的根据。其实"余姚祗没"只是说他因公出差到余姚,不能理解为任余姚县令。

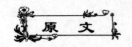

丹阳送韦参军

丹阳郭里^①送行舟,一别心知两地秋。

日晚江南望江北,寒鸦飞尽水悠悠。

①郭里:外城边。郭,城墙。

文学常识丛书

这首七绝是作者抒写他给韦参军送行以及送走之后的情景,表现了他们之间的真挚情谊。

诗的前两句是写送行。首句"丹阳郭里"交待了送行地点在丹阳的外城边。"行舟"表明友人将从水路离去。此时,千种离情,万般愁绪,一齐涌上诗人心头。"一别心知两地秋","秋"字,表面上写时令,实际上却是表达人的情绪。萧瑟的秋景增添了离情别绪。作者还巧妙地运用拆字法,以"心"上有"秋"说明"愁"。所以"两地秋"是双关语。

诗的后两句写送走之后对韦参军的深切思念。"日晚江南望江北"这一句转接自然,不露痕迹地把前句抽象的离愁具体形象地表现出来。"江南""江北",对比照应,突出了江水的阻隔。丹阳在江之南,"江南"——"江北"，既是友人行舟的路线，也是作者目送的方向。"望"字传出思念之神态，忧思绵绵，"日晚"暗示思念时间之久，见出友情之深。由"望"自然而然地带出末一句"寒鸦飞尽水悠悠"。这一句写望中所见。通过环境气氛的渲染，表达作者的悠悠情思。由于思念，站在江边长时间地遥望着，秋日黄昏，江面上寒鸦点点，给人增添愁思。可是，就连这使人感伤的寒鸦此时此刻也"飞尽"了，只剩下悠悠江水流向远方。这一切给人以孤独、寂静、空虚的感触。"水悠悠"包含着无限思念的深情。

这首小诗妙语连珠，情景交融，真切自然，既能把诚朴真挚的感情渗透在景物的描写中，又能在抒情中展现画图，做到辞有尽而意不尽。

丹阳郭里送行舟，一别心知两地秋。

作者简介

　　刘方平,唐代诗人,生卒年不详,今河南洛阳人,邢襄公政会之后,天宝时名士,却不乐仕进,寄情山水、书画,诗亦有名,擅长绝句。诗风清新自然,常能以看似淡淡的几笔铺陈勾勒出情深意切的场景,手法甚是高妙。诗一卷(全唐诗上卷第二百五十一)。

春　怨

纱窗日落渐黄昏,金屋①无人见泪痕。

寂寞空庭春欲晚,梨花满地不开门。

①金屋:原指汉武帝少时欲金屋藏阿娇事。这里指妃嫔所住的华丽宫室。

这是一首宫怨诗。点破主题的是诗的第二句"金屋无人见泪痕"。句中的"金屋",用汉武帝幼小时愿以金屋藏阿娇(陈皇后小名)的典故,表明所写之地是与人世隔绝的深宫,所写之人是幽闭在宫内的少女。下面"无人见泪痕"五字,可能有两重含意:一是其人因孤处一室、无人作伴而不禁下泪;二是其人身在极端孤寂的环境之中,纵然落泪也无人得见,无人同情。这正是宫人命运之最可悲处。句中的"泪痕"两字,也大可玩味。泪而留痕,可见其垂泪已有多时。这里,总共只用了七个字,就把诗中人的身份、处境和怨情都写出了。这一句是全诗的中心句,其他三句则都是环绕这一句、烘托这一句的。

起句"纱窗日落渐黄昏",使无人的"金屋"显得更加凄凉。屋内环顾无人,固然已经很凄凉,但在阳光照射下,也许还可以减少几分凄凉。现在,屋内的光线随着纱窗日落、黄昏降临而越来越昏暗,如李清照《声声慢》词中所说,"守着窗儿,独自怎生得黑",其凄凉况味就更可想而知了。

第三句"寂寞空庭春欲晚",是为无人的"金屋"增添孤寂的感觉。屋内无人,固然使人感到孤寂,假如屋外人声喧闹,春色浓艳,呈现一片生机盎然的景象,或者也可以减少几分孤寂。现在,院中竟也寂无一人,而又是花事已了的晚春时节,正如欧阳修《蝶恋花》词所说的"门掩黄昏,无计留春住",也如李雯《虞美人》词所说的"生怕落花时候近黄昏",这就使"金屋"中人更感到孤寂难堪了。

末句"梨花满地不开门",它既直承上句,是"春欲晚"的补充和引申;也遥应第二句,对诗中之人起陪衬作用。王夫之在《夕堂永日绪论》中指出"诗文俱有主宾",要"立一主以待宾"。这首诗中所立之主是第二句所写之人,所待之宾就是这句所写之花。这里,以宾陪主,使人泣与花落两相衬映。李清照《声声慢》词中以"满地黄花堆积",来陪衬"寻寻觅觅,冷冷清清,凄凄惨惨戚戚"的词中人,所采用的手法与这首诗是相同的。

从时间布局看,诗的第一句是写时间之晚,第三句是写季节之晚。从第一句纱窗日暮,引出第二句窗内独处之人;从第三句空庭春晚,引出第四句庭中飘落之花。再从空间布局看,前两句是写屋内,后两句是写院中。写法是由内及外,由近及远,从屋内的黄昏渐临写屋外的春晚花落,从近处的杳无一人写到远处的庭空门掩。一位少女置身于这样凄凉孤寂的环境之中,当然注定要以泪洗面了。更从色彩的点染看,这首诗一开头就使所写的景物笼罩在暮色之中,为诗篇涂上了一层黯淡的底色,并在这黯淡的底色上衬映以洁白耀目的满地梨花,从而烘托出了那样一个特定的环境气氛和主人公的伤春情绪,诗篇的色调与情调是一致的。

为了增强画面效果,深化诗篇意境,诗人还采取了重叠渲染、反复勾勒的手法。诗中,写了日落,又写黄昏,使暮色加倍昏暗;写了春晚,又写落花满地,使春色扫地无余;写了金屋无人,又写庭院空寂,更写重门深掩,把诗中人无依无伴、与世隔绝的悲惨处境写到无以复加的地步。这些都是加重分量的写法,使为托出宫人的怨情而着意刻画的那样一个凄凉寂寞的境界得到最充分的表现。

此外,这首诗在层层烘托诗中人怨情的同时,还以象征手法点出了美人迟暮之感,从而进一步显示出诗中人身世的可悲、青春的暗逝。曰"日落",曰"黄昏",曰"春欲晚",曰"梨花满地",都是象征诗中人的命运,作为诗中人的影子来写的。这使诗篇更深曲委婉,味外有味。

绝妙佳句

纱窗日落渐黄昏,金屋无人见泪痕。

147

作者简介

　　唐寅(1470—1523年)，字伯虎，又字子畏，别号六如居士、桃花庵主、鲁国唐生、逃禅仙吏等，有"江南第一风流才子"之美称，苏州人。明代著名书画家、文学家。绘画与沈石田、文征明、仇英齐名，史称"明四家"。诗词曲赋与文征明、祝允明、涂祯卿并称"江南四大才子"（也称吴门四才子），为江南四大才子之首。

文学常识丛书

桃花庵①歌

桃花坞②里桃花庵，桃花庵里桃花仙；

桃花仙人种桃树，又摘桃花换酒钱。

酒醒只在花间坐，酒醉还来花下眠；

半醒半醉日复日，花开花落年复年。

但愿老死花酒间，不愿鞠躬车马前；

车尘马足贵者趣，酒盏花枝贫者缘。

若将贫贱比贫者，一在平地一在天；

若将贫贱比车马，他得驱驰我得闲。

别人笑我忒③疯癫，我笑他人看不穿；

不见五陵④豪杰墓，无花无酒锄作田。

149

注 释

①桃花庵：唐寅从南昌还家后，与家人失和，筑室桃花坞，名桃花庵。

②桃花坞：在苏州金阊门外。唐寅《姑苏八咏》咏《桃花坞》："花
开烂漫满村坞，风烟酷似桃源古；千林映日莺乱啼，万树围春双燕舞
……"

③忒：太，过甚。

④五陵：原指汉朝的长陵、安陵、阳陵、茂陵、平陵，其中分别埋葬着高

帝、惠帝、景帝、武帝、昭帝,皇陵周围还环绕着富家豪族和外戚陵墓,后用来指豪门贵族。

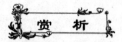

科举制度把读书、应考、做官三件事紧密地联系在一起,致使天下读书人怀着"朝为田舍郎,暮登天子堂"的幻想。然而,科举制度又挫伤了多少真才实学的人,唐伯虎就是一例。科举制度成了他内心无从摆脱的一个情结。写这首诗时的唐伯虎已经看透了仕途险恶,对科举再也不抱任何幻想。

他回乡之后遂在苏州阊门内的桃花坞修建桃花庵别墅,退避其中,自称"桃花庵主",过起了一种以卖文卖画为生的诗酒逍遥的个人生活。表面看来,此时的唐伯虎已经看透了仕途险恶,对科举再也不抱任何幻想,但事实上,科举失利却无疑深深挫伤了唐伯虎的自尊心。否则,他也不会轻易为宁王朱宸濠的礼聘所动。很显然,唐伯虎把宁王对自己的青睐看作了步入仕途的又一次机遇。再加上宁王对他礼遇有加,既以百金为聘,又在南昌专门为他修建了一套别墅,唐伯虎想要拒绝恐怕也难。遗憾的是,命运又一次给唐伯虎开了一个大大的玩笑。宁王此举并非是真正看上了唐伯虎的才华,而只是为自己的谋反做一个礼贤下士的姿态。唐伯虎当然也很快看出了宁王的谋反之志和他的别有用心,为求脱身,万般无奈之下只好装疯卖傻,既"佯狂使酒",又"露其丑秽"。宁王的手下前来馈赠衣食用具,唐伯虎竟然裸体盘膝而坐,且口出秽言,讥呵使者。宁王哪里见到过这等才子?大失所望之下也只有放其还乡。

唐伯虎一代才子以文名天下,嬉笑怒骂,皆成文章,花落水流,一

文学常识丛书

片自然。将车马权贵视如尘土，将酒盏花枝奉为天人，自有傲骨。疯癫也好，痴狂也罢，花间独坐自饮酌，自有风流。

别人笑我忒疯癫，我笑他人看不穿。

作者简介

孔尚任(1648—1718年),字季重,号云亭山人,孔子的后代,清代戏剧家和诗人。他的剧作《桃花扇》,至今还被改编上演。

文学常识丛书

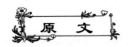
北固山①看大江

孤城铁瓮②四山围，绝顶高秋坐落晖③。
眼见长江趋④大海，青天却似向西飞。

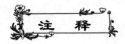
①北固山：在江苏镇江市北，北临长江。

②铁瓮：镇江城的别名。

③落晖：夕阳。

④趋：快步向前。

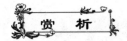
秋高气爽，夕阳西下，正是登山游览的极好时刻。诗人兴致勃勃地来到镇江城北，登上北固山头，坐下来，要好好欣赏一番这江畔山城的壮丽景色。

山城全貌历历可见。四面高山环绕，孤城坐落其中，简直就像陷在瓮底一样。人们把镇江称作“铁瓮”，真是名不虚传。最壮观的还是北面的大江。万里长江千回百转奔向东方，到这里已临近漫漫征途的尽头，马上要做最后冲刺了。看吧，汹涌澎湃的江水，卷起滔滔大波，掠过山脚，直向大海而去。诗人注视着，凝望着，无意中一抬头，啊，头上青天正向着夕阳，向着西方飞动呢!

　　青天西飞,不过是诗人一刹那间的错觉,但这错觉却真切地表现了诗人当时面对大江头晕目眩的感受,反衬出长江波澜壮阔、一泻千里的迅猛气势。

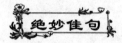

　　孤城铁瓮四山围,绝顶高秋坐落晖。

文学常识丛书

作者简介

　　黄景仁(1749—1783 年)字仲则,一字汉镛,晚号鹿非子,江苏武进人。4 岁丧父,家贫力学。16 岁参加常州府童子试获第一名秀才。乾隆三十六年春,客居太平府次业富署中,冬入安徽学政使院校文。在当涂生活前后 5 年,创作 60 余首诗篇。著有《两当轩集》。

绮怀(其一)

露槛星房各悄然①,江湖秋枕当游仙②。

有情皓月怜孤影③,无赖闲花照独眠。

结束铅华归少作,屏除丝竹入中年④。

茫茫来日愁如海,寄语羲和快着鞭。⑤

①罗隐《七夕》:"月帐星房次第开,两星惟恐曙光催。时人不用穿针待,没得心情送巧来。"

②王仁裕《开元天宝遗事》:"龟兹国进奉枕一枚,其色如玛瑙,温温如玉,其制作甚朴素。若枕之,则十洲三岛,四海五湖,尽在梦中所见。帝因立名为游仙枕。"

③刘禹锡《怀妓》:"三山不见海沉沉,岂有仙踪尚可寻?青鸟来时云路断,姮娥归去月宫深。纱窗遥想春相忆,书幌谁怜夜独吟。"

④《世说新语·言语》:"谢太傅语王右军曰:'中年伤于哀乐,与亲友别,辄作数日恶。'王曰:'年在桑榆,自然至此,正赖丝竹陶写。恒恐儿辈觉,损欣乐之趣。'"

⑤羲和,中国神话中太阳神的名字。传说她是帝后的妻子,与帝后生了十个儿子,都是太阳(金乌),住在东方大海的扶桑树上,轮流在天上值

日。羲和也是她儿子们的车夫——日御的。后来，十个兄弟不满先后次序，十日并出，被后羿射杀其中的九个。

赏析

把难以言表的心灵密语借《无题》隐约以出之是李商隐的诗歌新创，他的《无题》以及《锦瑟》等"准无题"诗，情事难明，而情思宛在，千载以来，人们聚讼纷纭，但却反复沉吟玩味。李商隐的这些诗，从语象、意象看，具有广泛的包容性和指向性。几乎从哪个角度都能破译出它的密码，但似乎所有的破译都难穷尽它的真意。我们不能起诗人于地下而质之，于是，这些诗也许永远都是谜。李商隐创造出《无题》这样一种令人迷惑、让人喜爱的形式。黄景仁《绮怀》十六首，深情款款，与用典之神妙，大有义山之风。

黄仲则《绮怀》虽然胎息于义山，但其幽情苦绪，不能排解，要过于义山。典事的密集、运用的神妙，近于义山，亦甚于义山。至于句法的硬挺，则似有从韩孟乃至宋诗一路来，都能体现出仲则诗孤诣。

"茫茫来日愁如海，寄语羲和快着鞭"的意思是说，来日茫茫穷愁如深海，真希望日子快快过去。写尽寒士的悲酸。郭麐《灵芬馆诗话》称最爱此二句，以为："真古之伤心人语也。"

茫茫来日愁如海，寄语羲和快着鞭。